Rebeca Mactas

Los Judíos de Las Acacias

(Cuentos de la vida campesina)

Edición de
Darrell B. Lockhart

- STOCKCERO -

Rebeca Mactas

Los Judíos de Las Acacias

(Cuentos de la vida campesina)

Edición de

Darrell B. Lockhart

Índice

Rebeca Mactas y la literatura de la colonización agrícola judía en la Argentina

A fines del siglo XIX la Argentina abrió sus puertas a la inmigración masiva bajo la ley de Inmigración y Colonización, sancionada el 19 de octubre de 1876 durante el gobierno de Nicolás Avellaneda, que concretaba el lema «gobernar es poblar» del estadista Juan Bautista Alberdi. Entre el aluvión de inmigrantes venido de muchas partes de Europa (mayormente Italia y España), también arribaron al puerto de Buenos Aires gran cantidad de inmigrantes judíos ashkenazíes provenientes de Rusia, Polonia y otros países de la Europa Oriental. La inmigración judía a la Argentina fue impulsada principalmente por la Jewish Colonization Association (J.C.A.), fundada y financiada por el filántropo judeo-alemán, el Barón Maurice de Hirsch. La J.C.A. fue creada en agosto de 1891 con 50 millones de francos de su propia fortuna con el propósito de mejorar la situación de los judíos perseguidos de Rusia estableciendo para ellos una «Tierra Prometida» en la Argentina donde pudiesen vivir libres de persecución y opresión. Hirsch logró comprar más de 600.000 hectáreas de tierra, mayormente en las provincias de Buenos Aires, Santa Fe, Entre Ríos y La Pampa. A través de la J.C.A. se fundaron más de 20 colonias agrícolas donde los inmigrantes venían a asentarse en su nuevo país y a labrar la tierra. Las colonias alcanzaron su apogeo en las décadas de 1910 y 1920, pero a fines de la década de 1920 ya comenzaba el deterioro y el declive del gran experimento agrario debido a varios factores, entre ellos las constantes disputas entre los colonos y los administradores de la J.C.A., la atracción de mejores oportunidades para la segunda generación en Buenos Aires, y las dificultades para ganarse la vida en el campo.[1]

Como es de esperar, el fenómeno de la colonización agrícola judía inspiró una considerable producción literaria y artística. El corpus literario sobre dicha experiencia es tan amplio como variado. Los primeros colonos dejaron un registro escrito en ídish, que en algunos casos ha sido traducido al castellano y en otros casos no.[2] Subsecuentes generaciones de escritores continuaron el ejercicio de documentar literariamente la inmigración judía de las colonias establecidas por el Barón Maurice de Hirsch y la Jewish Colonization Association. El más conocido y célebre entre ellos es Alberto Gerchunoff (1884-1950) cuyo libro de relatos fundacional *Los gauchos judíos* (1910) no solo se convierte en urtexto[3] y narrativa maestra sino que consolida todo un género literario conformado por la temática de la colonización judía en el país. El texto fue comisionado por Leopoldo Lugones como parte de la conmemoración artística del centenario que celebró la Argentina en 1910.[4] Muchos lectores contemporáneos suelen criticar el estilo sobre-idealizado, además del retrato

---

1   Para fuentes históricas sobre el fenómeno de la inmigración judía a la Argentina ver los libros de Haim Avni y Ricardo Feierstein.

2   Sobre la extraordinaria presencia, productividad e impacto de la prensa y la literatura ídish en la Argentina ver el libro de Weinstein y Toker, quienes identifican a más de 130 autores.

3   *Urtexto:*Término alemán para designar la versión original de un texto. El prefijo «Ur» indica «primero», «original», y conlleva la idea de anterior/primitivo. *Diccionario de teoría y crítica literarias*, J.A. Cuddon.

4   No son únicamente autores judíos quienes han conmemorado la colonización judía en la Argentina. Lugones mismo en su poema «Oda a los ganados y las mieses», Ezequiel Martínez Estrada en «Argentina» y aún Rubén Darío en el poema «Canto a la Argentina», alaban la laboriosidad y la contribución de los inmigrantes judíos al progreso del país.

telúrico y exageradamente bucólico de la experiencia inmigratoria y la vida en las colonias agrarias, acusando al autor de estar demasiado dispuesto a avanzar una agenda asimilista bajo pretensiones exageradas o falsas. Independientemente de esta índole de crítica, sin lugar a dudas Gerchunoff es responsable por la creación del arquetipo del gaucho judío que ha pervivido en la imaginación judeoargentina y en la mitología nacional del país. Hay abundantes ejemplos de cómo la estampa del gaucho judío sobrevive en la cultura (popular) contemporánea.[5]

Otros autores que posteriormente escribieron sobre la vivencia rural en las colonias incluyen a José Liberman (*Tierra soñada* [1959]), Natalio Budasoff (*Lluvias salvajes* [1962]), José Petcheny (*Tierra gaucha* [1975]) y Samuel Eichelbaum con su obra dramática *El judío Aarón* (1926) y los libros de cuentos *Tormenta de Dios* (1929) y *El viajero inmóvil* (1933). Contemporáneamente, escritores como Mario Gerardo Goloboff, Perla Suez y Ricardo Feierstein, entre otros, han escrito novelas que se remontan a la época de la colonización.

La autora y su obra

Rebeca Mactas Alpersohn (1910-1997) nació en el pueblo de Carlos Casares, una de las colonias establecidas por la J.C.A. bajo el auspicio del Barón Maurice de Hirsh. Como escritora, constituye una voz señera en el contexto de la literatura sobre la colonización agrícola judía, tanto por su perspectiva como por su estilo y, tal vez más significativamente, por ser tácitamente la única mujer que escri-

---

5 Véase Lockhart, 2005.

biera un texto literario sobre las colonias judeoargentinas
en la época. Su libro de cuentos *Los judíos de Las Acacias* se
publicó en 1936 y pasó prácticamente desapercibido en el
momento por la crítica (no hay datos sobre cómo fue recibido el libro por el público lector en general). La única
reseña del libro, por ejemplo, fue una breve nota de una
página que salió en la revista *Mundo israelita* en diciembre
de 1936.[6] En contraste, su primera obra, una colección de
aforismos poéticos titulada *Primera juventud* (1930), generó
por lo menos tres reseñas. Sería una exageración afirmar
que *Los judíos de Las Acacias* ha quedado por completo en
el olvido pero sí es cierto que no ha recibido la atención
crítica que merece. Hasta la fecha la mayoría de la crítica
sobre el libro se ha planteado en el contexto de escritos pa-
norámicos de la literatura judeoargentina, o judeolatino-
americana en general. Por ejemplo, Leonardo Senkman incluye un breve resumen analítico del libro *Los judíos de Las
Acacias* como parte de un capítulo más extenso sobre la literatura de las colonias en *La identidad judía en la literatura
argentina* con un enfoque en el tono escéptico del libro. Por
su parte, Nora Glickman incorpora a Mactas en un capítulo
sobre escritoras judías de Latinoamérica. Mactas también
figura en *Jewish Writers of Latin America: A Dictionary*,
editado por Darrell B. Lockhart. Edna Aizenberg escribe
unos párrafos sobre ella en su libro *Books and Bombs in
Buenos Aires*. Más recientemente, Iván Cherjovsky, como
ejemplo de lo que él denomina el «anti-idealismo agrario»,
la menciona en su libro *Recuerdos de Moisés Ville: la colonización agrícola en la memoria colectiva judeo-argentina (1910-
2010)*. En estudios más extensos, James A. Hussar examina

---

6   Papier, Sara. «*Los judíos de Las Acacias.*» *Mundo israelita* 706 (19 Dic
     1936): 3.

el libro de Mactas desde la perspectiva de la identidad religiosa, mientras que Melina Di Miro se enfoca en la identidad y subjetividad femenina de las protagonistas.

Los cuentos que conforman *Los judíos de Las Acacias* pueden leerse independientemente o bien como un conjunto de relatos interconectados; lo que Hussar califica como un «ciclo de cuentos» (129). Algunos de los textos se editaron en revistas antes de publicarse el libro. Por ejemplo, una versión temprana de «Los judíos de 'Las Acacias'» se publicó como «Las Acacias» en dos entregas en la revista *Mundo israelita* (1934)[7]; el cuento «Fuego» se editó en *Judaica* (1935)[8]; «La vuelta del hijo» se editó también en *Judaica* el mismo año en que fue publicado el libro.[9] Se incluye en esta edición crítica un cuento que no figura en la versión original de *Los judíos de Las Acacias* que se titula «Asilo de ancianos», el cual fue publicado en *Judaica* en 1933 y es, por lo tanto, su primera obra narrativa.[10] Aunque antecede y no constituyó parte de la primera edición de *Los judíos de Las Acacias*, se integra aquí por su proximidad estilística y temática y para reunir la obra cuentística completa de la autora.

Mactas fue nieta del legendario escritor Mordejai (Marcos) Alpersohn (1860-1947), el llamado «decano» de la literatura ídish en la Argentina.[11] Sin duda la literatura y la

---

7   *Mundo israelita* 596 (10 Nov 1934): 5-6; 597 (17 Nov 1934): 5.
8   *Judaica* 27 (1935): 124-33.
9   *Judaica* 36 (1936): 260-68.
10   *Judaica* 1.4 (1933), o sea vol. 1 no. 4.
11   Alpersohn (también aparece como Alperson) nació en Rusia. Arribó a la Argentina en 1891, a la edad de 31 años, como parte del primer contingente de inmigrantes judíos amparados por el Barón Hirsch y se asentó en Colonia Mauricio, donde vivió durante 43 años antes de trasladarse a Buenos Aires, ciudad donde falleció en 1947. Alpersohn es autor de una vasta obra que incluye memorias, novelas, cuentos y varias obras dramáticas. Escribió varios textos muy críticos acerca de la J.C.A.

experiencia de su abuelo dejaron huellas profundas en su propia producción literaria. De hecho, a lo largo de *Los judíos de Las Acacias* hay una marcada intertextualidad con las obras literarias de Alpersohn que se evidencia de maneras a veces obvias y otras veces más sutiles.[12] Mactas también es autora del libro *Leyendas y parábolas judías según la Agadá* (1950) que se basa en historias sobre los hombres bíblicos Abraham, Moisés, Salomón, Jeremías y Jonás.[13]

Además de ser escritora, Mactas era una traductora diestra. Su labor en ese campo revela que se interesaba por verter al castellano literatura clásica judía para un público lector argentino. Su traducción del hebreo de *Cantos de Jehuda Ha-Levy* se publicó bajo el sello editorial de Manuel Gleizer[14] en 1932 y *Poemas selectos de Jaim Najman Bialik* se imprimió con Editorial Israel en 1938. No sólo elaboró las traducciones sino que también escribió largos estudios preliminares en que se destaca como filóloga y crítica literaria. Aunque se formó como periodista (trabajaba como Secretaria de Redacción del periódico *Morgen Zaitung* [El matutino]) es evidente que se involucraba y se movía con facilidad en el ámbito literario porteño. Además de sus traducciones del hebreo, Mactas tradujo dos de las primeras obras del renombrado escritor judeoargentino José Rabi-

---

12   Por ejemplo, en dos de los cuentos el protagonista se llama Marcos y tiene varias cosas en común con el famoso abuelo de la autora. En otra instancia aparece («Los judíos de 'Las Acacias'») un linyera (véase nota 94 p. 58), que parecería ser reconocimiento de la novela *Der Linzshero* (1937) de Alpersohn, la cual ha sido traducida al castellano como *El linyera* (2012).

13   *Agadá* (Hebreo): También Hagadá, quiere decir narración o discurso, pero más popularmente fábula o leyenda. El sentido más conocido del término *hagadá* se resume específicamente en Hagadá de Pésaj, expresión que denomina al conjunto de narraciones y plegarias que se leen o se recitan durante la festividad de Pésaj, la cual celebra la salida de los israelitas de Egipto.

14   Manuel Gleizer (Rusia 1889-Buenos Aires 1966), fue uno de los pioneros del proceso de la modernización editorial en la Argentina durante las décadas de 1920 y 1930.

novich[15], *Cabizbajos* (1943) y *Tercera clase* (1944); este último llegó a convertirse en una obra clásica del realismo social argentino.

Los judíos de Las Acacias: OBRA FUNDADORA

No hay que subestimar el papel que ha desempeñado *Los judíos de Las Acacias* en el desarrollo de la literatura judeoargentina. Tampoco es exuberancia aseverar que a Mactas se le debe considerar autora pionera y fundadora. Concordamos con la opinión de la distinguida crítica literaria Edna Aizenberg en que *Los judíos de Las Acacias* sea nombrado como el texto fundacional de la literatura de gauchas judías en la Argentina.[16] Claro que Aizenberg juega con la imagen del «gaucho judío», y adscribe un significado particular relacionado a esa imagen a las generaciones sucesoras de escritoras judeoargentinas como beneficiarias del legado de Mactas. El contorno social de la mujer en el ambiente de la colonización agrícola está bien documentado.[17]

El marco escénico de los cuentos de Mactas es el pueblo ficticio de Las Acacias, que se da a entender es Colonia Mauricio, lugar que actualmente conforma parte del partido de Carlos Casares. Mauricio fue el primer asenta-

---

15   José Rabinovich (1903-1978) nació en Bialystok, Rusia (ahora Polonia) y emigró a la Argentina de joven en 1924. Escribió sus primeros libros en ídish antes de comenzar a escribir en castellano. Llegó a ser uno de los autores más prolíficos de su generación con unos 30 libros en los géneros de novela, cuento, poesía, y drama.

16   «I would like to nominate it (*Los judíos de Las Acacias*) as the foundational text of Jewish gaucha writing in Argentina» (Aizenberg, 2002, 66-67).

17   Ver, por ejemplo, la recopilación de testimonios femeninos editado por Hèléne Gutkwoski como también el capítulo de la historiadora Sandra McGee Deutsch «'If the Water Is Sweet': Jewish Women in the Countryside».

miento agrícola judío de la Argentina fundado en 1891 por la Jewish Colonization Association. Se sitúa a 312 kilómetros al sudoeste de la Capital Federal. El primer centro de Mauricio fue el pueblo de Algarrobo, pero a partir de la llegada del ferrocarril, en 1889, empezó a crecer la urbanización alrededor de la estación de tren Carlos Casares. La primera agrupación de colonos judíos que llegó a Mauricio había desembarcado el 31 de agosto de 1891 en el puerto de Buenos Aires.[18] Entre las 567 personas que llegaron a la Colonia Mauricio se encontraba el abuelo de Mactas, Mordejai Alpersohn. Durante la primera década del siglo XX, Mauricio fue la más floreciente y próspera de las colonias judías, y fue reconocida por iniciar el cultivo de girasol con fines comerciales en la Argentina.

Uno de los aspectos más llamativos de *Los judíos de Las Acacias* es que no se trata únicamente de un libro de cuentos, sino que es a la vez un libro de poesía. Mactas había iniciado su oficio de escritora con la poesía y también a través de la traducción de poesía. Incorpora la poesía a *Los judíos de Las Acacias* al encabezar cada relato con un poema en cuyos versos se plantea el tema central del texto narrativo. Los poemas varían en extensión pero tienen en común una versificación formal de rima consonante y asonante, en que se vale de versos mayormente octosílabos, endecasílabos y alejandrinos. En los poemas se nota la influencia de Bialik y Halevy, autores cuya obra conocía íntimamente. Mientras que sus poemas tienen la función de presentar cada cuento, además contienen una riqueza de imágenes y un sentimiento vibrante acompañados por una intención aguda que pueden leerse aparte como muestra de su capacidad de poeta.

---

18   Kapszuk, *Shalom Argentina*, 44-67.

En los poemas y en los cuentos, Mactas apela al Romanticismo decimonónico en su lirismo y su afán por recurrir a un sistema simbólico basado en gran parte en la naturaleza, que asimismo se relaciona con los ideales del movimiento de Haskalá, al cual se refiere como «el iluminismo judío»[19]. Una de las ideologías operantes de la Haskalá es la búsqueda de revitalización del espíritu judío a través de un contacto renovado con la tierra. El establecimiento de colonias agrícolas en la Argentina y en otras partes del mundo es un componente importante de la Haskalá. Bialik, uno de los escritores más prominentes de Haskalá, incorpora la naturaleza como eje temático central en gran parte de su poesía. Casi todos los escritores que (re)tratan la colonización judía en la Argentina señalan la centralidad de la tierra como motivo simbólico e ideológico, aunque lo hacen de distintas maneras. Por ejemplo, mientras *Los judíos de Las Acacias* comparte con *Los gauchos judíos* cierta tendencia telúrica, Mactas no retrata de la misma manera bucólica la vida rural de las familias colonas. La presencia dominante a lo largo del texto es la naturaleza, que da sustento a la vida de los colonos y a la vez resulta una fuerza contra la cual tienen que enfrentarse casi diariamente. Los colonos luchan por ganarse la vida en un ambiente hostil y extraño, y se encuentran siempre a la merced del mundo natural. Sin embargo, los personajes demuestran una reverente actitud respetuosa, y hasta un amor entrañable hacia la tierra. Mactas incorpora dicha reverencia gráficamente en su texto al escribir términos como «Naturaleza», «Primavera», etcétera con letra mayúscula.

---

19   *Haskalá* (Hebreo): Iluminación o ilustración judía, movimiento iniciado por Moisés Mendelssohn (1729-1786), filósofo judeo-alemán.

Los cuentos relatan la vida campesina de los colonos judíos en los años posteriores al apogeo de la colonia, cuando todo ya está en proceso de decadencia. Los que quedan en Las Acacias son los colonos originales, la mayoría ya ancianos, que se aferran obstinadamente a sus propiedades. La dicotomía de ciudad vs. campo aparece en todos los relatos y se presenta en términos de un conflicto invariablemente irresoluble. Los hijos, y en algunos casos los hermanos de los personajes, han abandonado la colonia para estudiar, trabajar, y aprovechar las mejores oportunidades que brinda la gran urbe de Buenos Aires.

En el cuento que abre el volumen, «La casa», todos los hijos de Jaim Kahn se han ido a la ciudad para buscar su fortuna. El hijo mayor logra el sueño de «hacer La América»[20] y deseando compartir su riqueza con sus padres insiste –contra la voluntad de ellos– construirles un chalet para reemplazar el humilde rancho con piso de barro en que han vivido desde que llegaron a la colonia. Lejos de ser un acto benevolente hacia sus padres, su gesto es más que nada una acción de soberbia y rechazo de la pobreza de sus padres. El rancho es destruido y Jaim y su mujer se ven obligados a ocupar la nueva casa suntuosa que jamás desearon. Al poco tiempo de vivir en la nueva casa Jaim se enferma, síntoma de la separación de la tierra que siente entre las paredes estériles de la casa nueva. Con sus últimas fuerzas logra cavar un pozo en la tierra –con la ayuda de su perro fiel– en el cual se tira moribundo. El cuento termina con su muerte pacífica: «Cuando el agujero fue lo bastante grande, amplio como una cueva, Reb Jaim se dejó caer en él, mortalmente pálido. Abarcó

---

20   Hacer la América: Hacerse rico, lograr éxito y fortuna en el Nuevo Mundo.

de una intensa mirada la paz del campo, tuvo una convulsión y quedó rígido» (p. 22).

En otro relato emblemático del volumen, «Fuego», es el hermano alejado que vuelve a Las Acacias en busca de ayuda financiera. Simón hizo una fortuna en Buenos Aires y no se comunicó con su hermano Marcos durante 20 años, hasta que fue a la quiebra y tuvo que volver para suplicarle ayuda. Al principio, Marcos se niega a la solicitud de su hermano, tanto por no estar en condiciones de ayudarlo como por estar indignado ante la *jutzpá*[21] de Simón, y lo manda de vuelta a Buenos Aires. Luego se arrepiente de su propia frialdad hacia el hermano, y en un momento de rabia y culpabilidad le suplica a Dios que lo castigue con la destrucción de sus campos por el fuego. A la noche Simón es despertado por el olor y el ruido de los campos incendiados, y corre afuera agradeciéndole a Dios el haber escuchado sus oraciones. Al correr por uno de los campos quemados tropieza con el cuerpo calcinado de su hermano, quien sostiene todavía en la mano una caja de fósforos. El tema del incendio de campos es un leitmotiv en la literatura de la colonización, y aparece en los textos de autores tan diversos como Samuel Eichelbaum y Nora Glickman.

«La vuelta del hijo» retoma el motivo bíblico del hijo pródigo al describir el retorno a Las Acacias de Natán después de vivir un período improductivo en Buenos Aires. Este cuento difiere de los otros en su perspectiva. El texto revela aspectos de parábola. En esto se establece una conexión con su otra obra narrativa —*Leyendas y parábolas judías según la Agadá*. La historia que se narra es una de redención espiritual y familiar ya que el hijo «perdido», que se desvió en el camino, vuelve al seno de la familia y los va-

---

21 *Juztpá* (Hebreo): Descaro, prepotencia.

lores rurales que le hacían falta en la ciudad, abandonando su novia, su carrera y sus amigos en Buenos Aires, quienes quedan azorados ante su decisión de regresar al campo. Al concluir el relato Natán escucha una voz que le susurra «Hijo mío! Has vuelto, hijo mío». No logra discernir la fuente de la voz, y queda preguntándose si vino de una vaca cercana, la tierra misma, o su madre. La consabida dicotomía de civilización vs. barbarie se invierte: el campo es superior a la vida problemática y vacua de la ciudad.

Las tendencias románticas de Mactas también se manifiestan en su obra al retratar la naturaleza como una fuerza redentora. En los cuentos es la vida de campo que hace posible el progreso y mejoramiento económico de quienes salen a perseguir sus sueños en la ciudad, y que a veces vuelven al campo desilusionados. Pero esto no significa que la vida campesina sea descripta en términos paradisíacos o fructíferos. Por el contrario, el relato «Los judíos de Las Acacias» retrata un deprimente pueblo semi-abandonado, de edificios decaídos y habitantes que vegetan en la pobreza y senectud. La narradora compara Las Acacias con «una pobre gallina, vieja y ciega, que perdida en los campos se aprieta temerosa a la tierra, existiendo por un milagro, mientras pasa las horas muertas hurgando sus propias alas» (p. 56). La pobreza es la fuerza motriz del relato que narra la situación desesperada en que sobreviven los habitantes. En «Primaveras», un joven que prefiere vivir en el campo y ganarse la vida labrando la tierra se ve obligado dos veces a regresar a la ciudad en busca de empleo, dejando atrás a su novia.

Una característica de estas historias es que tienen lugar exclusivamente dentro de la colectividad judía, con muy poca intervención del mundo más allá de los límites de la colonia. Hay escasos personajes no judíos aun secundarios en la narrativa. El conflicto mayor –a diferencia de otros textos– no es el conflicto intergeneracional y ni siquiera se presenta la asimilación como amenaza. El problema reside en el fracaso de las colonias y la incapacidad, o la falta de voluntad, por parte de la J.C.A. de encaminar a los colonos hacia la prosperidad en el campo. En su mayor parte los personajes no rechazan su identidad judía, aun cuando emigran a la ciudad. Tanto lo positivo como lo negativo de la experiencia en las colonias agrícolas se presenta con un equilibrio bastante objetivo. La envidia frecuentemente surge entre los vecinos, quienes no evitan compararse en riqueza, status y éxito. El carácter implacable de los administradores de la J.C.A. se pone en tela de juicio al describir las adversidades que enfrentan los colonos.

Un elemento a destacar en *Los judíos de Las Acacias* es la manera en que los textos revelan –por primera vez– una perspectiva literaria femenina de la colonización judía. Los cuentos narran las historias desde la óptica de las mujeres pioneras, quienes sufrieron mayores dificultades y asumieron las insuperables labores simultáneas de madres, esposas e hijas abnegadas. Mactas observa con enfoque perspicaz los papeles femeninos, en particular el de madre o esposa, que se sacrifica y acepta su rol dentro de una tradición patriarcal en la cual ocupa un lugar secundario y servicial. Las mujeres jóvenes tienen pocas posibilidades en Las Acacias. La sensibilidad romántica de Mactas se evidencia en sus observaciones lúcidas entre mujer, naturaleza e idioma. Si las mujeres jóvenes parecen tomar el control de sus propias vidas, también se sienten atrapadas por las circunstancias adversas y sin opciones del aislamiento en la pampa. En «Corazón sencillo» el padre de

Eva muere después de que ella haya pasado la mejor parte de su vida cuidándolo. Cuando se le presenta el dilema de elegir entre casarse con el hombre joven, a quien ama, y el hombre mayor, que la necesita, opta por este último. Para Eva satisfacer la necesidad ajena equivale a la virtud, porque le permite privilegiar el dar al recibir. La narradora exclama: «¡Sí! ¡Se casará con Mauricio! Mauricio la necesita. En compañía de Mauricio podrá cumplir el tremendo mandato de dar para existir. Y sus días trascurrirán prestos y henchidos» (p. 38). Y no sin toques melodramáticos el cuento termina así: «Penetra en la casa y por primera vez cae desesperada al lado del cadáver (de su padre difunto), con ásperos gritos prolongados que asustan a los gárrulos pájaros de la mañana» (p. 38).

La simbología basada en el mundo animal proporciona las lecciones más valiosas a las protagonistas de los cuentos. Por ejemplo, al ver agonizar a la vaca apreciada de la chacra, la protagonista comprende mejor el sentido de la vida. La esposa del chacarero, que había acudido a su lado al mismo corazón del campo, no bien tuvo noticias de lo que acontecía, se conmovió hasta las lágrimas.

¡Pobre, pobre «Chilena»! Tirada así, quejándose tan dolorosamente, no parecía el mismo ser fuerte, dulce y callado, perfecto realizador del sacrificio de la Naturaleza. Dijérase su grito, el grito verdadero de la carne solitaria, amasada para la muerte y creada para el desgarramiento. La campesina, que sin darse cuenta aprende siempre de la vaca la fortaleza y el gozo de dar a luz, se arrodilló a su lado y como una querida hermana infortunada, como una noble hermana repentinamente enloquecida, la estuvo acariciando largo tiempo. ¡Pobre, pobrecita «Chilena»! (p. 41).

A pesar de ser bastante obvias, las imágenes animales no pierden su eficacia en el texto. Es en «Primaveras» donde las metáforas cobran su mayor valor. Es admirable que los cuentos de Mactas también describan la sensualidad femenina de una manera manifiesta. Lo erótico se comunica a través de imágenes animales que se relacionan con los sentimientos humanos de los personajes.

Según el hijo de la autora (en una entrevista con James Hussar), el judaísmo no desempeñó ningún papel de importancia en la vida cotidiana de Rebeca Mactas. Consistente con sus creencias políticas de izquierda insistió en la educación secular de sus hijos. Y sin embargo, es obvio que poseía un conocimiento profundo de la cultura y la religión judaicas. Toda su producción literaria (incluso sus traducciones), excepto su primer volumen de poesía, se relaciona con la identidad y las tradiciones judías/judacias de un modo u otro. Por citar un solo ejemplo, en el primer cuento —«La casa»— el narrador, al describir la juventud del protagonista previo a su emigración a la Argentina, menciona que se destacaba en sus estudios religiosos. Cuando años más tarde el padre, orgulloso de la inteligencia y capacidad de su hijo, quiere que continúe sus estudios en el palacio encantado de la Cábala, el joven, después de dar algunos pasos en ella, se niega a proseguir.

El cuento agregado, «Asilo de ancianos», no difiere mucho en estilo o temática, pero sí en su ubicación geográfica. Se trata de un hijo, ya mayor y que trabaja en las provincias, que debe regresar a Buenos Aires al llegarle noticias del fallecimiento de su madre en el asilo de ancianos donde residía. En vez de causarle dolor o tristeza, David siente un gran alivio y hasta felicidad al saber que ya no tendrá la carga de mantener a su madre. Piensa que finalmente va a poder avanzar un poco económicamente sin tener que preocuparse por los gastos extras. Durante su viaje en tren contempla, con bastante amargura, la suerte de su vida, la pobreza de sus padres inmigrantes que no posibilitó para él mejores oportunidades. Al final se le ablanda el corazón y llora inconsolablemente al seguir el coche fúnebre que lleva su madre.

A nuestro parecer, los cuentos de Rebeca Mactas no sólo constituyen un aporte de gran valor a la literatura judeolatinomericana —y la literatura argentina en general— por su contenido documental sobre la Colonia Mauricio, sino también por la calidad literaria de su escritura. La autora les concede profundidad psicológica a sus personajes a través de un estilo discursivo, elocuente en su uso de imágenes líricas y simbólicas y acertado en su capacidad para retratar un momento histórico contundente de manera auténtica y sin recurrir a imperativos apologéticos.

A pesar de las ya múltiples y variadas antologías existentes que compilan historias sobre la vivencia judía en la Argentina, hasta la fecha no hay ninguna en que incluya un texto de Mactas. En parte, es este hecho el que nos animó a preparar una edición crítica de *Los judíos de Las Acacias,* como un acto de recuperación de un texto y una autora que han quedado relegados a una posición marginada dentro de una tradición tan rica y abundante como es la literatura judía en la Argentina. Mactas evidentemente merece ocupar un lugar más prominente en la historia en la cual desfila una cantidad de autores y se eslabonan numerosos textos literarios que contemplan, recuerdan, critican, articulan y desarticulan historias personales y colectivas, y que a fin de cuentas participan en la creación y preservación de la memoria judeoargentina.

Bibliografía selecta

Aizenberg, Edna. *Books and Bombs in Buenos Aires: Borges, Gerchunoff, and Argentine-Jewish Writing.* Hanover: University Press of New England, 2002. 61-68.

Alperson, Mordejai. *El linyera.* Traducción de Ethel Gater. Buenos Aires: Sholem Buenos Aires, 2012.

Avni, Haim. *Argentina y la historia de la inmigración judía (1810-1950).* Buenos Aires: Editorial Universitaria Magnes, Universidad Hebrea de Jerusalén: 1983.

Bialik, Jaim Najman. *Poemas selectos.* Traducción de Rebeca Mactas de Polak. Buenos Aires: Editorial Israel, 1938.

Cherjovsky, Iván. *Recuerdos de Moisés Ville: la colonización agrícola en la memoria colectiva judeo-argentina (1910-2010).* Buenos Aires: Editorial Teseo, 2017.

Di Miro, Melina. «Crítica y tensión: la figura femenina en *Los judíos de Las Acacias.*» *Cuadernos judaicos* [Chile] 34 (2017): 199-220.

Feierstein, Ricardo. *Historia de los judíos argentinos.* 3ra ed. Buenos Aires: Galerna, 2006.

Gerchunoff, Alberto. *Los gauchos judíos.* La Plata: J. Sesé, 1910.

Glickman, Nora. «Jewish Women Writers in Latin America.» *Women of the Word: Jewish Women and Jewish Wrting.* Ed. Judith R. Baskin. Detroit: Wayne State UP, 1994. 299-322.

Gutkowski, Hèléne, comp. *Vidas… Rescate de la herencia cultural en las colonias*. Buenos Aires: Editorial Contexto, 1991.

Halevy, Yehuda. *Cantos de Jehudah Ha-Levy*. Prólogo, notas y traducción del hebreo de Rebeca Mactas Alpersohn. Buenos Aires: Manuel Gleizer, 1932.

Hussar, James A. «I Left My Heart (and Soul) in Carlos Casares: Religious Identity in Rebeca Mactas's *Los judíos de Las Acacias*.» *Yiddish-Modern Jewish Studies* 17.1-2 (2011): 129-38.

Kapszuk, Elio, comp. *Shalom Argentina: huellas de la colonización judía*. Buenos Aires: Ministerio de Turismo, Cultura y Deporte, 2001.

Lockhart, Darrell B. «From *Gauchos judíos* to *Ídishe mames* posmodernas: Popular Jewish Culture in Buenos Aires.» *Memory, Oblivion, and Jewish Culture in Latin America*. Ed. Marjorie Agosín. Austin: U of Texas P, 2005. 177-206.

__________. «Mactas, Rebeca.» En su *Jewish Writers of Latin America: A Dictionary*. New York: Garland, 1997. 358-62.

Mactas, Rebeca. «Asilo de ancianos.» *Judaica* [Buenos Aires] 1.4 (vol. 1, no. 4) (1933): 162-66.

__________. *Los judíos de Las Acacias (cuentos de la vida campesina)*. Buenos Aires: Talleres Gráficos Julio Glassman, 1936.

__________. *Leyendas y parábolas judías según la Agadá*. Buenos Aires: Editorial Israel, 1950.

__________. *Primera juventud*. Buenos Aires: n.p., 1930.

McGee Deutsch, Sandra. «'If the Water Is Sweet': Jewish Women in the Countryside». En su *Crossing Borders, Claiming a Nation: A History of Argentine Jewish Women, 1880-1955*. Durham: Duke UP: 2010: 13-41.

Rabinovich, José. *Cabizbajos*. Prólogo de Elías Castelnuovo. Traducción de Rebeca Mactas de Polak. Buenos Aires: n.p., 1943.

__________. *Tercera clase*. Prólogo de Elías Castelnuovo. Traducción de Rebeca Mactas de Polak. Buenos Aires: Sophos, 1944.

Senkman, Leonardo. *La identidad judía en la literatura argentina*. Buenos Aires: Pardés, 1983. 65-68.

Weinstein, Ana E. y Eliahu Toker. *La letra ídish en tierra argentina: bio-bibliografía de sus autores literarios*. Buenos Aires: Milá, 2004.

Los Judíos de Las Acacias

(Cuentos de la vida campesina)

La casa

He aquí la voz de Jaim, campesino judío
de corazón afable, sereno, honrado y pío:

Mi espíritu la clara visión de Dios encierra
cuando siente el gozoso palpitar de la tierra.

Ya en el jugo del fruto o en el calor del nido,
y sé que muere Dios cuando muere el sentido.

¡Jehová[22], Dios de los vivos! Más allá está la tumba
donde sólo la Nada como una abeja zumba.

«Que de ti en el sepulcro, ¡oh, Jehová! no hay me-
moria[23]»
en el terreno mundo se percibe tu gloria.

No como recompensa, como sostén te veo
para el hombre curvado de trabajo y deseo.

De los cuatro hijos de Jaim Kahn[24], ninguno encauzó
su vida en el campo. Se iban, uno a uno, al romper la adolescencia, atraídos por el vibrar de la ciudad la cual ha-

---

22   *Jehová*: Deriva del tetragrámaton YHVH cuya pronunciación es conje-
tural ya que según la tradición judaica el verdadero nombre de Dios es
incognoscible e inefable. Es una de las varias denominaciones que se
usan para designar o referirse a Dios.

23   Versículo 5 del Salmo seis de David. (Esta nota es original de la autora.)

24   Muchos de los nombres de personajes son simbólicos. El nombre Jaim
significa «vida» en hebreo, lo cual cobra importancia más adelante en
el cuento.

lagaba su sangre inquieta de judíos. La hija casó con un empleado. El mayor de los varones se dedicó al comercio; el segundo siguió la carrera de medicina y el más pequeño, después de cursar la escuela secundaria, se hizo periodista.

Silencioso y tranquilo quedó el antiguo hogar campesino cuando sus fundadores entraban apenas en la madurez. Ambos esposos veían transcurrir sus días sin el peso angustioso de hijas casaderas; sin mayores preocupaciones materiales pues además de ser dueños de una buena cantidad de tierra, subsistían con muy poco y recibiendo dulcemente las alegres noticias de sus hijos, residentes en las grandes ciudades, así como el homenaje de los vecinos a quienes imponía respeto ese hombre que no obstante ser labrador era muy versado en letras hebraicas y al que el Destino[25] parecía sonreír misteriosamente. Reb[26] Jaim, como lo llamaban, pasaba el tiempo completamente llena su existencia límpida, alumbrada por una caliente felicidad y suavizadas las naturales asperezas por la vocación realizada, pues Jaim Kahn había amado la tierra desde que tuvo conciencia de ella.

Hasta el primer rayo de sol que besó su carne infantil, fue un sol campesino, ancho y recio. ¡Ah! Reb Jaim recordaba perfectamente los años de su infancia, vividos en el hogar de su padre, molinero en Rusia, su país natal. Los recordaba con más precisión que los últimos tiempos

---

25 La autora parece tener un estilo particular de emplear la letra mayúscula. Por ejemplo, se usa con palabras como «destino» y «naturaleza» para destacar su carácter de personaje en el texto. En otros casos sigue la costumbre antigua de usar la letra mayúscula para los días de la semana o para designar un nombre propio como «Creación» o «Paraíso». Algunas veces el uso no parece responder a una norma. De todos modos, se ha conservado el uso de la mayúscula tal como aparece en el texto original.

26 *Reb*: (Ídish) Forma respetuosa coloquial de dirigirse a un hombre, equivalente de «don» en español.

porque los sentimientos y emociones que le agitaron entonces tuvieron el poder de traspasar su débil alma infantil, llegando hasta la raíz y en los momentos en que aquella se aquietaba, Reb Jaim, echando una mirada introspectiva, veía nítidamente dichos sentimientos y emociones, como se ven brillar los objetos caídos en un lago tranquilo.

Del maestro que le enseñó las primeras letras guardaba un recuerdo amable y profundo. Su padre lo había hecho venir expresamente de la ciudad y ambos, profesor y alumno, pasábanse el día entero y muchas veces parte de la noche, con íntimo deleite, inclinados sobre los viejos textos de la Torá[27] y del Talmud[28]. Con la ayuda del maestro, el niño iba penetrando en el misterio religioso y éste fue siendo para él, claro como la luz del día, definido como la era[29] o el molino. El pequeño Jaim estudiaba con gusto. Más cuando llegaba el Sábado[30] no había forma de retenerle en la casa ni en la Sinagoga[31]. Durante los meses de Invierno en los que la tierra permanece en estado latente, el niño vagaba bajo la nieve, lejos, lejos, buscando la soledad para dejar libres sus pensamientos, tímidos y obscuros ante la proyección material de otras personas. Pensaba vertiginosamente y corría pues la ardiente in-

---

27   *Torá*: (Hebreo) Literalmente significa «instrucción» o «enseñanza». Más específicamente, *Torá* denota los primeros cinco libros de la Biblia hebrea (Génesis, Éxodo, Levítico, Números, Deuteronomio)

28   *Talmud*: (Hebreo) El archivo de documentos escritos perteneciente a la ley judaica, interpretación bíblica, ética, costumbres e historia. Es la base de todos los códigos de la ley rabínica. El Talmud consiste en dos componentes básicos: la Mishná (c. 200 e.c.), el primer compendio escrito de la ley oral judaica, y la Guemará (c. 500 e.c), un tratado rabínico de la Mishná y escritos relacionados que suelen explorar otros temas y expone sobre la biblia hebrea.

29   *Era*: Espacio de tierra limpia y firme, algunas veces empedrado, donde se trillan las mieses.

30   *Sábado*: Dentro del judaísmo, día de descanso y adoración.

31   *Sinagoga*: Edificio dedicado a la congregación y culto de la religión judía.

quietud de su interior, impulsaba sus movimientos. Durante el tiempo bueno se dirigía al río y después de bañarse, tendíase en el suelo, boca abajo, abarcando con sus ojos claros y pensativos, el vasto paisaje. El espíritu de Dios, apenas esbozado en su mente en las largas horas de estudio, surgía luminoso ante él, flotando sobre el haz de la tierra, como en los sagrados textos flotaba sobre las bellezas del Paraíso. La Tierra, eterna por fecunda, era la estancia humana y divina. Los pensamientos del muchachuelo seguían surgiendo tumultuosamente y empujados por la fantasía remontábanse hasta el cielo. Pero entonces le invadía un terror intenso, sintiendo que un caos más grande que el que reinaba al principio de la Creación, producíase en su cerebro. No podía figurarse un mundo que no fuera el que le rodeaba y a Dios en otra parte que sobre la Tierra. Porque ¿para qué se necesita Dios cuando los seres, convertidos en ángeles, no sufren ni mueren? Había notado, no sólo en sí mismo, si no en su padre, en su tío, hombres maduros ya, que si les iba mal en sus negocios o se hallaban enfermos o en peligro de muerte, invocaban con verdadera pasión el nombre del Señor. Por eso le era imposible pensar en una esfera en la cual Dios no fuera verdaderamente Dios, es decir, un ser colocado un poco más alto que los hombres, no surgiendo de la tierra, sino flotando sobre ella, para vigilar los pasos vacilantes del ser humano, al mismo tiempo que otorgarles su calor.

Cuando años más tarde, el padre, orgulloso de su inteligencia y capacidad, quiso que continuara sus estudios, penetrando en el palacio encantado de la Cábala[32], el joven, después de dar algunos pasos en ella, se negó a continuar.

---

32   *Cábala*: (Hebreo) Recibir. La cábala es la disciplina y escuela de pensamiento esotérico o místico relacionada con el judaísmo. Surgió hacia fines del siglo XII en España y el sur de Francia.

—Es una ciencia inhumana, impía, desoladora –manifestó expresándose en hebreo, pues siempre empleaba dicha lengua cuando se dirigía a su padre. A su influjo el hombre se vuelve un animal temeroso de la noche sombría; el corazón se ciega y la carne tiembla. Por otra parte yo no quiero estudiar más. Es bastante. Acuérdate de Ben Azai[33], Ben Zona[34], Ajar[35] y Rabí Akiba[36]. Cuerdas fueron las palabras de Rabí Akiba al decir a los otros: «cuando lleguéis al sitio donde resplandecen los mármoles puros, no digáis que es agua, simple como el agua[37]». Ya sabes que Ben Azai dejó de existir no bien los hubo mirado; que Ben Zona fue tocado en sus facultades mentales; que Ajar, segó las plantas, lo cual nosotros interpretamos como si hubiere renegado. Sólo Rabí Akiba salió como había entrado: íntegro. Y yo, padre, tengo miedo a los mármoles.

El padre, aunque lleno de ira y dolor viendo a su pri-

---

33   *Ben Azai*: Simeon ben Azzai, distinguido sabio judío del siglo II reconocido por su erudición. Nunca se casó para poder dedicar su vida al estudio de la Torá. Con Ben Zoma, Rabí Akiva y otro sabio, Elisha Ben Avuya, emprendieron un viaje místico al Paraíso. Por ser soltero, Ben Azzai no poseía la fuerza necesaria para sobrevivir la experiencia y cayó muerto al mirar el jardín.

34   *Ben Zona*: Simeon ben Zoma, junto con Ben Azzai, distinguido sabio y erudito judío del siglo II. Ben Zoma sobrevivió la jornada mística al Paraíso, pero se enloqueció.

35   *Ajar*: También Acher o Ajer, que significa «el otro». Es el nombre que se usa para designar a Elisha Ben Avuya, quien al entrar al jardín con los otros sabios desarraigó las plantas y árboles cultivados, lo cual fue considerado un acto de herejía. Ajer renunció a su fe y llegó a conocerse como prototipo del herético cuyo orgullo intelectual lo encamina a la infidelidad hacia la ley y la moral judaicas. Por ser herético su nombre fue expurgado del Talmud y es mencionado simplemente como Ajer.

36   *Rabí Akiba*: Akiva ben Yosef, conocido como Rabí Akiva fue un erudito de fines del siglo I y principios del siglo II. Fue principal contribuidor a la Mishná. Se le atribuye ser maestro de Ben Azzai y Ben Zoma. Es el único de los cuatro sabios que entró al Paraíso y volvió ileso.

37   Rabí Akiva les dice a los otros, «Cuando lleguéis al sitio donde resplandecen los mármoles puros, no digáis que es agua, simple como el agua. He aquí se dice: El que habla mentiras no se afirmará delante de mis ojos». El último verso es de Salmos 101:7 que enseña la importancia de no engañar ni mentir.

mogénito[38] inclinarse groseramente a las cosas materiales, no se atrevió a insistir, pues el muchacho había hablado con demasiada firmeza.

—¿Quieres ser un muchik[39]? ¡Haz tu voluntad! ¡Un «muchik»! Y todavía un muchik sin tierra propia. Como judío ni siquiera podrás comprarte unas «verstas»[40].

Jaim se consideró feliz. Tenía diez y siete años, un cuerpo bello y vigoroso, pronto se casaría e iba a arrendar tierra. Vivió y trabajó tranquilamente hasta el momento en que los «pogroms»[41], cada vez más frecuentes en las aldeas, pusieron en peligro haciendas y existencias. Pero fue entonces, justamente, cuando el barón Hirsch[42] ofreció para los perseguidos un noble refugio: la colonización en la República Argentina. En una nación donde reinaba la libertad, los judíos podrían tener tierras y tierras propias. Jaim Kahn tembló de alegría. Tendría campos; campos suyos. ¡Una propiedad! ¡Hacer de ella lo que se quiere! Ser de uno, como un brazo, una mano. Sin consultar a su esposa se inscribió en la lista de emigrantes. La mujer, aunque terriblemente angustiada por la suerte que podrían correr su compañero, su hijito y ella, le siguió callada y dócil, subyugada por aquella voluntad masculina, que

---

38   *Primogénito*: Primer hijo en orden de nacimiento.

39   *Muchik*: (Ruso) término empleado para referirse a los campesinos rusos que no poseían propiedades.

40   *Versta*: (Ruso) término en desuso que se refiere a una anticuada medida de extensión, como kilómetro. Aquí se refiere a un pequeño terreno propio.

41   *Pogrom*: (Ruso) Pogromo. Masacre organizada de cierto grupo étnico, en particular el de judíos en Rusia y Europa Oriental.

42   *Hirsch*: Barón Maurice de Hirsch (1831-1886), filántropo judeoalemán, fundó la Jewish Colonization Association (J.C.A.) en 1891 con 50 millones de francos de su propia fortuna con el propósito de reubicar en tierras americanas a los judíos que huían de los pogromos zaristas estableciendo una serie de colonias agrícolas mayormente en la Argentina, pero también en Brasil. En la Argentina se crearon colonias en siete provincias, la mayoría en Entre Ríos, Santa Fe y Buenos Aires.

cual una luz intensísima absorbía todas las de su alrededor. Y Jaim Kahn supo vencer en la nueva tierra. Ciego y sordo para lo que no fuera el fin que perseguía, salió airoso en la lucha con la Naturaleza; se superpuso a la voracidad de los administradores de la Colonia[43] y a los reveses de los malos tiempos. Al fin llegó el día en que el campo fue suyo, pareciéndole que a medida que lo iba conquistando, palmo a palmo, fuerzas extrañas hicieran cumplir sus más caros deseos... El misterio de su suerte, haciéndose más hondo, se hacía más grande y más obscuro.

¡Qué sus hijos abandonaran el campo! Él no lo haría nunca. Cada cual debe buscar lo que más le conviene. El viviría siempre, hasta el fin, en contacto con la Naturaleza, inclinando sobre la tierra cuyo eterno crear hace olvidar el trance de la muerte. Y siempre agradecería a Dios haberle llenado de mercedes, y muy especialmente por haberle dado una esposa como Ana, valiente, fuerte, generosa. Aunque la mujer no es más que una mujer, una hembra se podría decir, cuya misión es la de todas las hembras, cuando resulta como la suya, una verdadera compañera, apta para compartir la miel y la hiel de la vida, capaz de ordeñar diez vacas, de cocinar para veinte personas y de labrar la tierra en momentos de necesidad, es una bendición divina.

Así vivía y así envejecía el matrimonio Kahn. Habitaban siempre el antiguo rancho[44] de barro, construido treinta años

---

43   Aquí, como en varias otras partes del texto, Mactas se refiere a y critica la administración de la J.C.A. De hecho, uno de los temas más recurrentes en la literatura de la colonización judía es la lucha entre los pioneros y los administradores, quienes eran en su gran mayoría europeos que no vivían en las colonias. El problema de mayor importancia era que los colonos tenían que comprar sus terrenos de la J.C.A. que se quedaba como único dueño de la propiedad hasta recibir el último pago. En cualquier momento la J.C.A. podía ejecutar la propiedad por falta o retraso del pago.

44   *Rancho*: Vivienda humilde de las zonas rurales, tradicionalmente con techo de paja o juncos y paredes de adobe, barro o piedra, con piso de tierra.

antes, en la época en que tomaron posesión del campo. La casuca[45], baja y larga, se hallaba harto arruinada ya, con las paredes hendidas y los cielorrasos de lona remendados en muchas partes. Pero los dueños no deseaban una nueva. Pensaban que no se encontraban tan mal en aquella, acostumbrados como estaban en la vida ruda y familiarizados con esas paredes que habían visto nacer sus cuatro hijos. Y luego no querían incurrir en gastos para hacer otra construcción. Su sistema de ahorro era bien estricto.

—Queremos dejar algún bien material a nuestros hijos –respondían a quienes les interrogaban del porqué de su parco vivir. Si no ¿cómo nos van a recordar cuando estemos en la tumba?

Y en todas las primaveras, el cual coincidía precisamente con el año nuevo judío[46], renovaban el enjalbegado[47] de la casita, pintaban las puertas y cubrían las goteras, emperifollándola como una anciana para el casamiento de su nieta, para la fiesta de la creación[48]. Una vegetación compacta rodeaba la vivienda, la que apenas levantada del suelo, daba la impresión de una abrigada cueva perteneciente a algún simple y dichoso animalito.

Más sucedió una vez que el hijo mayor, Abraham, el comerciante, quien ya era a la sazón un personaje destacado, dueño de una discreta fortuna, presidente de una de las instituciones judías más importantes de la capital y padre, por añadidura, de dos recientes profesionales, vió

---

45   *Casuca*: Casucha, casa pequeña y mal construida.

46   El año nuevo judío se conoce como *Rosh Hashaná*, que en hebreo quiere decir «cabeza del año». El comienzo del año ocurre el primero y segundo días de *tishrei*, el séptimo mes del calendario hebreo que coincide con septiembre-octubre, estación de primavera en el hemisferio sur.

47   *Enjalbegar*: Blanquear las paredes con cal, yeso o tierra blanca.

48   Se refiere a *Rosh Hashaná* que conmemora el día en que Dios creó el mundo, o según otra tradición el día de la creación del hombre.

de pronto acrecentada su fortuna merced haberle salido premiado un billete de lotería.

—Alabado sea Dios –se dijo emocionado.

De fijo que el Altísimo[49] debe haberme favorecido por mis virtudes. No bebo, no fumo, no cometo adulterio.

Como testimonio de su agradecimiento al Señor, pensó, entonces, honrar dignamente a sus padres. Pero, ¿en qué forma? Podría, por ejemplo, traerlos a vivir a su lado y comprarles los mejores asientos en la Sinagoga. Mas sabía que el anciano no abandonaría la campiña para instalarse en la ciudad, a la que odiaba instintivamente. Podría también pagarles un viaje de ida y vuelta a Palestina[50]. Tal proyecto era excelente. Empero, ¿se aventuraría el padre a morir en un lugar extraño, él, aferrado como un árbol a su tierra? ¿Qué hacer? ¿Qué hacer? ¡Ah! ¡Ya está todo resuelto!

—Oye, Sara –exclamó dirigiéndose a su mujer, una rubia entrada en carnes[51], la cual, de pie ante el espejo, se enjoyaba para asistir a una representación teatral. ¿Sabes qué regalo podríamos hacer a los viejos? Se me acaba de ocurrir. Construirles un chalecito en el campo, al lado del rancho, en el lugar donde se hallan los dos álamos. Es un lindo sitio. Así podrán pasar el resto de sus días gozando de algunas comodidades. ¿No te parece?

—Excelente idea –respondió muy contenta la mujer, quien secretamente temía la vecindad de sus padres políticos si venían a vivir a la ciudad, porque una suegra es siempre

---

49 *Altísimo*: Dios.

50 *Palestina*: Oficialmente conocida en la época como el Mandato Británico de Palestina (1922-1948) que operaba como administración territorial encomendada por la Sociedad de Naciones al Reino Unido de Gran Bretaña e Irlanda del Norte tras la Primera Guerra Mundial y como parte de la partición del Imperio Otomano a consecuencia de su derrota en la guerra.

51 *Entrada en carnes*: Expresión idiomática que indica exceso de peso.

una suegra y porque al viejo, acostumbrado, como campesino a la soledad le parecería ella una derrochadora. Me parece muy bien. No les arrancamos de su medio y a la vez les demostramos cuán grande es nuestro cariño hacia ellos.

—Perfectamente. Así se hará –continuó Abraham, adivinando los ocultos pensamientos de su consorte y alegrándose de evitar a tiempo rencillas entre sus padres y ella. ¡Perfectamente! Compraré los materiales lo antes posible, y yo mismo, a la vez que les hago una visita, arreglaré todo para el comienzo de la obra.

Así fue como en la radiante mañana de Primavera, justamente el día siguiente de haberse terminado el blanqueo de la casa, los ancianos recibieron un telegrama de Buenos Aires en que el hijo mayor les comunicaba su llegada para las cuatro de la tarde. Como el telegrama finalizaba con «Aquí todo muy bien» la agitación que había hecho presa de ellos al tomarlo entre sus manos se convirtió en alborozo.

Por la tarde volvían los tres, los padres y el hijo, de la estación del pueblo próximo, con los rostros felices y los ojos emocionados, pidiéndose noticias unos de otros. Se habían sentado en el asiento delantero del break[52], y así, juntos, se sentían más unidos. Hablaban en idisch[53], el viejo idioma familiar, lo que derramaba una sutilísima ternura en el corazón de Abraham.

---

52   *Break*: (Inglés) tipo de carruaje de lujo de uso común en la Argentina, de cuatro ruedas, coche abierto y con asientos paralelos a los ejes.

53   *Idisch*: Idioma hablado por los pioneros judíos askenazíes (provenientes de Rusia y Europa Oriental). Sus cimientos lingüísticos se encuentran en el alemán e incorpora palabras del hebreo y otros idiomas con que tuvo contacto. Se escribe usando el alfabeto hebreo. La forma de escribirlo más aceptada hoy en día es «ídish», aunque también existen los variantes yiddish, yidis, idisch, ídishe. Como pasó con el inglés de los Estados Unidos, varias palabras del ídish han entrado al uso común en el vernáculo argentino. La forma ídish sigue las reglas del castellano, ídishe es el adjetivo e Yiddish es la transliteración al inglés.

—Hermoso sol, madre.

—En efecto, hijo mío. Gózalo siquiera una vez al año. Allá, en la ciudad, obscura y fría, no te es dado ese placer.

—Oh, existen lugares donde se puede tomar un sol mejor que éste –respondió el hijo, ligeramente sublevado por haber sido ofendida la ciudad, que tan propicia había resultado para él.

Se había sacado el sombrero para gozar mejor de la suave tibieza reinante en la atmósfera y su amplia calva brillaba con un fulgor metálico.

—Hermoso sol, realmente, y un magnífico aire. Lástima que no pueda quedarme más de tres días. Mis negocios me esperan.

—Los negocios son los negocios –dijo sentencioso el padre. Pero ¿no puedes hacer un pequeño sacrificio y acompañarnos por lo menos una semana? Actualmente hay poco trabajo en la chacra[54] y estaríamos todo el tiempo juntos.

—No, me es imposible. He venido solamente para comunicarles una noticia agradabilísima...

—Me he sacado cincuenta mil pesos en la lotería.

—¡Oh, dueño del mundo! Gracias, gracias por colmar mi vejez, –sollozó la anciana, limpiándose los ojos con la punta del albo pañuelo que cubría su cabeza.

Reb Jaim percibió nuevamente la sombra de la Felicidad levantarse ante él. Se sintió cogido entre sus brazos y se abandonó a sus dulzuras. Luego, contemplando sus campos henchidos, respondió con tono humilde:

—Que aproveches tu dinero con salud. Que Dios te siga otorgando su favor.

—No puedo quejarme de mi suerte, a Dios gracias –

---

54   *Chacra*: Finca agrícola, granja, es voz proveniente del idioma quechua.

respondió el hijo, frotándose las manos. Y bien. A fin de que ustedes también participen de mi dicha, Sara y yo hemos resuelto construirles un chalecito aquí mismo, al lado de la casa vieja, ya que ustedes no quieren abandonar el campo. Les construiremos una mansión como no habrá otra igual en veinte leguas a la redonda. Una casa como la gente, para que puedan descansar mullidamente en la vejez. Bastante habéis vivido en esta cueva exclamó señalando el hogar paterno, al que ya se estaban acercando.

—Tanto como cueva... –replicó el anciano. Nosotros nos encontramos muy bien en ella. ¡Muy bien! ¡Abraham! ¡Hijo mío! Te damos las gracias pero no queremos otra casa. Bastante satisfacción nos brindas con la noticia.

—Les hace falta una casa y yo he resuelto hacerla.

La madre, que seguía llorando dulcemente, intervino con la voz quebrada por las lágrimas:

—Tiene razón el padre. Estamos muy bien. Nada nos hace falta. Guarda mejor ese dinero para los tuyos.

—Oh, yo ya he asegurado a los míos. En primer lugar, todos mis hijos tendrán su carrera. Para Diciembre David ya será doctor.

La evocación del nieto engrandecido por el sonoro título universitario, desvió la conversación sobre la casa nueva y los ancianos, plenamente dichosos otra vez, se sumergieron en cálidos pensamientos.

Mientras tomaban el té en el humilde y familiar comedor, el padre, contemplando la campiña a través de la ventanita, volvió a protestar débilmente, penetrado de una súbita tristeza y turbada su alma siempre serena.

—¡Abraham! ¡Yo te ruego! ¡Déjanos como estamos! No queremos mudar de vivienda.

—No de ninguna manera. Haremos la casa. No

puedo permitir que sigan viviendo aquí. Miren esas agrietadas paredes de barro. Esos pisos de tierra. Ese techo. Además, dentro de la posición que ocupo actualmente, no queda bien que mis padres habiten esta tapera[55]. En fin ¿para qué hablar más? Ya he encargado el material y mañana iré al pueblo a ver al constructor. Se hará la casa y yo cumpliré con mi deber.

II

Durante todo el día oíase en el patio de la chacra ruido de martillazos, de poleas, de motores, conversaciones y órdenes. Mientras la tierra se multiplicaba en espigas y comenzaba a germinar en sus entrañas la semilla de maíz en su eterna voluntad de vida, las manos de los hombres también iban creando un sólido edificio cuya fachada, de color gris, semejaba la fría piedra.

Cálidos vahos surgían, en las mañanas, del suelo labrado y densas nubes de polvo se levantaban de la construcción en cierne. Los ancianos, que muchas veces sentábanse cerca para contemplar el trabajo, se llenaban de desazón por el estrépito. En el día de Iom Kipur[56], el día del perdón, Reb Jaim rezó con más fervor que nunca la oración «No me abandones en la vejez...[57]»

---

55   *Tapera*: Habitación ruinosa; rancho humilde y abandonado, o en muy mal estado.

56   *Iom Kipur* (Hebreo) también Yom Kippur, «Día del perdón». Rosh Hashaná y Yom Kippur juntos conforman las Altas Festividades y son días reverenciales y puramente religiosos que celebran el papel de Dios como Amo del universo, o «Dueño del universo» en las palabras de Mactas.

57   De la liturgia del *Majzor*, el libro de oraciones que se recita en Iom Kipur. El verso es proveniente de los Salmos y en el cuento cobra sentido especial dadas las circunstancias del protagonista.

Bien pronto el «chalet» estuvo completamente terminado. Era, realmente algo magnífico. Jamás se había visto en la Colonia nada semejante. Al lado del pobre rancho se erguía magnificado como una sombra. Constaba de dos pisos. En la planta baja, la cocina, el comedor y un cuartito de costura. Arriba: los dormitorios, el de los dueños y dos para huéspedes, es decir para los hijos y los nietos si deseaban venir alguna vez.

El gusto del hijo había concebido, para dar mayor impresión de suntuosidad, que en los cielorrasos de las alcobas se esculpieran querubes de rostros mofletudos y en las paredes se pintaran ángeles en forma de mujeres de largas cabelleras doradas y las alas en actitud de volar. La nuera había mandado, para el dormitorio de sus suegros, una alfombra que apagaba el sonido de los pasos y a fin de no introducir en la flamante casa los viejos trastos[58] del rancho, el hijo había comprado en un remate otros muebles, mandando luego la factura al padre. El regalaba la casa pero no lo de adentro, se justificó ante sus hermanos.

Para la inauguración de la nueva residencia, que se hizo en pleno Verano, un Verano radiante y henchido, de excelente cosecha y abundante fruta, se hicieron presente los hijos con sus respectivos consortes y algunos nietos. El periodista se excusó con un regalito y el envío de un artículo suyo, recientemente aparecido, que según su carta, había causado sensación en la Capital.

Concurrieron también a la fiesta casi todos los vecinos. Se sirvieron pollos al horno, empanadas[59] y cerveza. La an-

---

58   *Trasto*: Cosa inútil, estropeada, vieja.

59   *Empanada*: Pastel de masa quebrada u hojaldre, generalmente de harina de trigo, relleno con una preparación salada o dulce y cocido al horno o frito. El relleno puede incluir carnes rojas o blancas, pescado, o verduras. Es una comida rústica y típica de la Argentina.

ciana, que había trabajado todo el día en la confección de los manjares, se hallaba sentada a la cabecera de una de las mesas tendidas en el patio, un poco mareada por el ruido y el cansancio dejando al puestero[60] Don Ramón y a su mujer, que atendieran a los convidados. Reb Jaim se entretenía con los nietos.

Después hubo discursos y aplausos, vivas y augurios de felicidad. En una de las mesas, aislados voluntariamente, se hallaban algunos ex-colonos, cuyos campos habían sido rematados y que se habían dedicado luego al pequeño comercio en los pueblitos vecinos. Su aspecto miserable, sus rostros amargados y sus sonrisas irónicas molestaban profundamente a Abraham, el rico comerciante de la ciudad.

—No quisiera ver hoy caras sufridas –murmuró al oído de su hermano, el médico, sentado a su lado.

—¡Bah! Aunque quisieras ver el dolor, no te sería posible, pues tienes los ojos muy hundidos en la carne –replicóle el otro, un poco envidioso de la suerte del comerciante. Pero como éste no entendiera la intención de la frase y le respondiera con un parpadeo y una sonrisa, no hubo lugar a un disgusto.

A la hora del café, Abraham, que dormitaba amodorrado por la abundante comida y bebida, se puso de pie pidiendo un instante de silencio.

—¿Saben lo que se me acaba de ocurrir? Quiero que derrumbemos el rancho.

Un cuchicheo mezclado con risas sofocadas se levantó de entre la concurrencia.

—Sí; destruiremos el rancho –siguió diciendo

---

60   *Puestero*: Persona que tiene a su cargo un puesto de una hacienda de campo.

Abraham con los ojos brillantes y la nariz enrojecida. Destruiremos el rancho y será como si quisiéramos barrer con la pobreza y la obscuridad... –y notando la mirada burlona de los ex-colonos gritó con voz de mando:

—A ver, Don Ramón, llame a los muchachos. Dígales que traigan picas, palas, o lo que sea y que comiencen a demoler esta inmundicia.

—¿Ahora mismo?

—Sí; a la vista de todos.

—Pero Abraham ¿por qué destruirlo? Puede servir para los pobres –exclamó la madre con voz alterada.

—¡Qué pobres ni qué ocho cuartos[61]! Los pobres pueden dormir en el galpón o sino en las habitaciones de los huéspedes, cuando no estemos nosotros.

—Está loco, está completamente loco –murmuró el otro hermano, el médico, junto a su hermana.

—Se va a levantar mucha tierra –se aventuró a decir el padre que sentía el alma lejana y vacía.

—No, no se va levantar tierra porque no lo derrumbaremos por completo. Atacaremos solamente algunas partes para que comience a vacilar. ¡Hace tantos años que se mantiene como sostenido por un hilo! ¡Terminemos nosotros con él! Será como un símbolo. ¡Quiero que el día de hoy resulte el comienzo de una larga era de prosperidad en esta zona!...

Y ante la gente mitad emocionada y mitad divertida se comenzó a golpear las enjalbegadas paredes del ranchito. Caía la superficie en albas placas, produciendo un

---

61 *Ni que ocho cuartos*: Expresión idiomática proveniente de la España decimonónica que se emplea después de otra/s palabra/s para enfatizar un desacuerdo o desprecio por algo. El origen de la expresión deviene del «realillo», moneda de uso corriente que equivalía a ocho cuartos de peseta. Al perder su valor el realillo, surgió el reclamo popular de «ni que ocho cuartos» para expresar el poco valor de una cosa.

ruido apagado, y dejando al descubierto el negro seno de las paredes. La madre no pudo reprimir un sollozo. Y en cuanto a Reb Jaim, por primera vez en su vida, se sintió sobrecogido por la idea del fin del hombre. Se le obscureció la vista y percibió en sí mismo, en medio de un gran resplandor, la visión de la muerte material.

III

Pero la nueva casa no trajo a la Colonia el bienestar augurado por Abraham Kahn. Aparte de que hubo nuevos desalojos entre los viejos propietarios y un joven campesino mató al gerente de una casa comercial, Reb Jaim comenzó a sentirse mal. Una palidez que cada vez se hacía más honda se extendió sobre su hermoso rostro. Su cuerpo, esbelto y vigoroso, empezó a encorvarse y los ojos perdieron su expresión de confianza y tranquilidad. La vejez se le declaró de súbito como si un viento misterioso hubiera aniquilado sus nobles ansias de vida. Quejábase de debilidad, de dolores y al comienzo de Otoño, al volver del campo para tomar el té, cayó desvanecido en el umbral de la puerta de la cocina. A los alaridos de la mujer vino corriendo Don Ramón, luego Doña Juana, la esposa, y el boyerito[62] salió a galope al pueblo próximo, a buscar al médico y enviar telegramas a los hijos.

Se le había declarado una parálisis y era preciso llevarlo a Buenos Aires.

—No, a Buenos Aires, no —clamó el anciano con voz

---

62   *Boyero*: Peón de estancia dedicado a echar los bueyes y caballos aplicados a los trabajos agrícolas.

débil y llorosa, clavando la mirada suplicante en el rostro de su segundo hijo. Se hallaba aterrorizado. Tenía la íntima seguridad de que moriría y la sola idea de que terminaría sus días lejos, producíale miedo. Aquí he vivido y aquí moriré.

Hubo protestas, deliberaciones, consultas.

—Cumplid su voluntad –intervino la madre.

Nuestro fin se acerca y es pecado contrariar los deseos que se formulan en los últimos años.

Pasado el momento álgido de la enfermedad y organizadas las curaciones respectivas quedó la casa sumida en un hondo y grave silencio.

Con su delicado rostro enflaquecido y la alba camisa de dormir que comunicaba aún más palidez a su rostro, Reb Jaim yacía postrado. Su compañera, como la blanca sombra de su cuerpo mortal, no se separaba del lecho. Le leía los periódicos, le hablaba de cosas gratas y le informaba de lo que acontecía en la chacra.

—No te preocupes –le decía cuando veía entenebrecerse su rostro como si negros pensamientos se proyectaran hacia fuera. No te preocupes. Don Ramón cuida de las cosas tan bien como tú.

Mas no eran esos pequeños afanes los que martirizaban al anciano. No. Algo más intenso era lo que le obligaba a prestar oídos sólo a su grito interior: —¡Jaim! ¡Jaim! ¡A lo que has llegado! –pensaba torvamente. ¿Por qué Dios te ha castigado a la inmovilidad, tú, que llevas el nombre de Jaim, de «vida»?

¡Ah! Ese cuerpo tan rígido como la casa. Esa cama larga y estrecha como un ataúd. Esa habitación silenciosa como un templo vacío. Esa habitación suspendida de las alturas. Esa posición que obligaba a contemplar constantemente las absurdas cabezas de los querubes, con sus gordas y blancas caras de yeso. ¡Señor! ¡Señor! ¡Cómo le molestaba esa alcoba! Recordaba su pequeño dormitorio del rancho y el corazón se le llenaba de amargura. ¡Ah! En las frecuentes noches de insomnio de la vejez, el ranchito vibraba como penetrado de sangre y nervios. Era su compañero. En las paredes habían hecho nido muchas clases de animalitos y su habitación tenía pared por medio el corral de las ovejas, de modo que cuando no podía dormir, le era grato escuchar el rumor de los muros, o el mamar de los borreguitos y el suspirar de las ovejas. Pegado al suelo como una cueva, realmente como una cueva, según la expresión de su hijo, el rancho parecía recoger el dulce palpitar de la tierra y los seres humanos que lo habitaban se sentían acompañados.

Los ruidos traían a los cuerpos que ya comenzaban a enfriarse un calor animal vivificador, un aliento sensual intenso y bueno. Reb Jaim se sentía seguro y tranquilo en su rancho de barro, en su ranchito bien pegado al suelo. En cambio en su nueva casa, elevada, enhiesta, con las paredes imitando la piedra, le parecía habitar un mundo extraño y frío. Postrado como estaba, suspendido en las alturas, en el vacío y vigilado por las caras estúpidas de los querubes, comenzaba a tener miedo.

Un terror a la muerte que ni siquiera había sentido en el momento en que un rayo carbonizó a una cabra, al lado suyo, en pleno campo, se filtró en su interior. Había más bien, germinando en él, desarrollándose día a día como un ser en la entraña materna, sintiéndolo ahora mezclado con sus fibras más íntimas, ¿Qué hacer? ¿Rezar? Pero las plegarias iban perdiendo cada vez más su fuerza y su color y hasta había momentos en que sonaban a falso en la atmósfera que lo rodeaba. El manto de oración[63] que la mujer no dejaba de colocarle en los primeros sábados de su enfermedad, pendía ahora, lacio, de una percha.

—¡Anímate! –Le decía su esposa viendo la mirada como acorralada de sus ojos. El doctor dice que dentro de un mes estarás mejor y si Dios quiere hasta podrás abandonar el lecho.

Reb Jaim cerraba los ojos y atendía con un ligero placer la voz de su angustia. ¡Ah! ¡Estas alturas! ¡Estos angelotes! ¡Esta alfombra! ¡Qué martirio! Si no hubieran derribado el rancho hubiera pedido que lo trasladaran a su verdadera morada. Pero todo estaba destruido ya.

Una mañana, el médico, en una de sus visitas periódicas le dijo:

—Pronto estará bien, Don Jaime[64]. ¿No vé? Si ya empieza a mover un brazo.

—Oh, es cierto, mueve un brazo –gritó alborozada la mujer. Voy a dar la noticia a Ramón.

El médico la retuvo para decirle que puesto que Don Jaime se hallaba mejor, ella debía salir aquella misma tarde para distraerse un poco.

—Si no va a caer enferma, señora. Ramón va a cuidar en su ausencia de Don Jaime.

—Creo que Ramón tiene mucho trabajo.

El anciano la interrumpió bruscamente.

—Me quedaré unas horas solo. ¡Total! ya estoy mejor. Voy a dormir una siesta larga y entretanto tú puedes ir al pueblo, si deseas. –Su voz tenía un acento de irritabilidad,

---

63   *Manto de oración*: Los hombres judíos visten un manto de oración llamado *talit* en el momento de rezar.

64   El médico le dice Don Jaime por la consonancia fonética con el nombre Jaim, es una costumbre frecuente, aunque Jaime no es la traducción al español del nombre Jaim.

pues comenzaba a serle molesta la constante presencia de su esposa. ¡Siempre a mi lado –se decía– y no descubre la verdadera fuente de mi sufrimiento!

Debían ser las tres de la tarde. La anciana había partido con el peoncito en el sulky[65] después de escribir una carta a Buenos Aires comunicando a los hijos la mejoría del padre. Ramón había acudido varias veces a la habitación del patrón y viendo que dormía se había puesto a arreglar la puerta del corral. Un sol brillante y espeso se derramaba sobre la campiña casi enteramente arada. Las gallinas, asombradas de la quietud reinante en la casa, se habían aventurado hasta el jardincillo y picoteaban contentas. Su suave cacareo semejaba la voz de la hora plácida, vacía, muelle[66].

La alcoba se hallaba a obscuras a fin de que el enfermo pudiera descansar mejor. Pero el enfermo aunque cerraba los ojos y trataba de conciliar el sueño, no podía dormir. El silencio que llegaba de afuera y el sosiego de adentro hacía que las palabras de su interior se dejaran oír más nítidamente y eran tan martirizadoras que había momentos en que temía enloquecer. ¡Ah, qué horrible!

En la penumbra de la habitación los ojos de los querubes parecían llenos de un denso misterio y diríase que los ángeles de las paredes hubieran emprendido un vuelo pesado. Un gran terror paralizaba el alma de Reb Jaim como la parálisis tenía sujeto sus miembros. Haciendo un esfuerzo supremo levantó la mano apta y tiró del cordón de la cortina. Quería mirar afuera, a la Naturaleza, a la vida; pero no pudo ver más que el cielo. Desde su habi-

---

65   *Sulky*: (Inglés) carruaje ligero de dos ruedas y tirado por un solo caballo usado para el transporte de personas. Fue el más popular de los carruajes utilizados en el campo argentino.

66   *Muelle*: Mullido, delicado, suave, blando.

tación y su lecho no se podía distinguir más que el firmamento, vacuo e incoloro. Frías gotas de sudor comenzaron a correr por la frente del enfermo, lanzando de súbito un grito de socorro. Nadie contestó. Diríase que el grito había sido tragado por el abismo de los ojos de los querubes, o por el abismo del firmamento y de que nunca podría bajar a la tierra. Intensos dolores comenzaron a recorrer su cuerpo y sintió la lengua horriblemente seca. ¡Ana! ¡Ana! volvió a gritar y la voz fue nuevamente tragada por el misterio. Entonces, haciendo un esfuerzo sobrenatural, se incorporó en el lecho, bajó de él y se lanzó a caminar. Descendió las escaleras, atravesó el patio, cogió maquinalmente una pala, apoyada contra un árbol y bañado por el plácido sol se dirigió al primer tramo de tierra. El perrito «Negro» que lo reconoció en seguida, le seguía contento. Reb Jaim comenzó a cavar. Pero en seguida se cansó de la pala y arrodillándose se puso a escarbar el suelo, anhelante como un pobre animalito perseguido, como un pobre animalito que sólo en el seno de la tierra se siente seguro. El perro, observando a su amo, se lanzó también a remover el suelo con sus patas. Ambos trabajaban a prisa, jadeantes y sudorosos.

Cuando el agujero fue lo bastante grande, amplio como una cueva, Reb Jaim se dejó caer en él, mortalmente pálido. Abarcó de una intensa mirada la paz del campo, tuvo una convulsión y quedó rígido.

Corazón sencillo

Blanca la luz del sol y gris del día;
sobre la tierra dura todavía
por el letal abrazo del invierno,
un duraznero solitario y tierno
en sus ramas desnudas
luce flores rosadas y menudas.
Florecillas de cálida frescura
en la parda aridez de la llanura.

Sobre la tierra gris, cerrada y seca,
en el ramaje de su vida hueca,
también ostentan las muchachas sueños,
sueños rosados, leves y pequeños.
Es un agua de luz en el desierto
sin fin de su camino muerto;
es la fresca expresión de gozo y vida
y en su color hay sangre contenida.
¡Oh milagro! ¡Oh dichoso milagro!
en la vida lo mismo que en el agro[67];
que en los tallos enjutos
huérfanos de las hojas y los frutos
se ve vibrar ensueño y flor de amor
flores, sueños, de rosada color.

Detrás del rancho de adobe, contra un árbol ahora sin hojas, se halla colocada la vieja batea sobre la cual se inclina Eva, lavando vigorosamente. A su lado, sobre una fogata improvisada para el trance, hierve un gran recipiente de agua, que la joven, a causa del frío, utiliza para su labor.

Un viento pertinaz sacude las ramas de los árboles y

---

67   *Agro:* Campo, tierra de labranza.

levanta las plumas de las aves, en el amplio patio campesino. En el primer cuadro de terreno que se divisa, dentro del cual se yerguen tres parvas, se ve a los enfardadores de pasto, entregados a su brutal tarea. Diríase, cuando levantan los brazos y se suspenden de la palanca, seres deseosos de emprender el vuelo hacia el cielo sombrío, pero que vuelven a caer, demasiado dominados por las fuerzas y las leyes de la tierra.

El rostro de la muchacha se halla intensamente pálido, haciendo resaltar su nariz enrojecida. Sus hombros agudos se estremecen al impulso del cuerpo. Todo su aspecto es pobre e incoloro. Sólo las pupilas brillan intensamente animadas por un fulgor interno que le quitan la facultad de ver. El ardor de su alma es el que proyecta esa extraña luz a sus ojos, encegueciendo el sentido.

Terminando el almuerzo, ha lavado platos y cuando su padre y David partieron para el pueblo, cerró la casa para que no entrara polvo, abrió para su deleite su mundo interior y se puso a lavar. Mientras sus manos se mueven ágiles, sus sueños, en libertad, crean hermosas visiones. Ahora que ningún ser humano turba la soledad que la rodea, no tiene pudor en dejar salir de su recinto esa desnudez deslumbradora de los sueños. Les permite que gocen, ampliamente, de sus alas. ¡Son tantos! ¡Como bullen, inquietos! Es que de tanto anidar en ella han crecido y se han multiplicado, vivos como animalitos.

Desde la llegada de David no los sentía resplandecer, como si la sombra del hombre amado, la sombra de su cuerpo, los aniquilara; pero ahora, sola nuevamente, han vuelto a mostrarse más fuertes que deseos. La joven toma de entre las prendas de ropa un pañuelo con las iniciales de David bordadas por ella. Lo mira largamente y luego, apretándolo contra su pecho, se queda largo rato con los ojos cerrados. ¡Soñar, soñar! Regalo de sus días. ¡Soñar, soñar! Alimento de su doncellez. Avanza el día opaco sobre la tierra petrificada; el viento sacude las ramas de los árboles y azota los rostros de los trabajadores y a la muchacha, entregada a su tarea, la llevan y la traen sus sueños femeninos, obscuros y cargados.

De pronto los perros comienzan a ladrar ansiosamente al mismo tiempo que se oye el ruido de un sulky acercándose a la casa.

—¿No hay nadie? –pregunta una voz de hombre.

Eva, que se está arreglando el pelo, después de haberse secado las manos apresuradamente, sonríe y vuelve a su trabajo.

—Ate el sulky, Mauricio, y acérquese. Estoy lavando.

—Muy bien; ya voy.

Mauricio es alto, flaco, de andar lento. Tiene el rostro magro y bigotudo y los ojos de un color diluido, los cuales solo cuando se fijan en la joven, se encienden con una llamita de ternura.

—¿Siempre trabajando, Eva?

Esta, que recién comienza a recobrarse de su fiesta interior, responde un tanto ausente y turbada:

—Un poco, como todo el mundo. Tome aquel banquito y siéntese. ¿Qué le trae por aquí, después de tanto tiempo?

—Pasaba y bajé a saludarles. ¿Y Don Marcos?

—Ha ido al pueblo con David, mi primo.

—¿Cómo? ¿Está aquí?

—Sí; llegó el viernes. Le escribimos que viniera a descansar por una semana porque acaba de dar dos exámenes muy difíciles. En los dos le fue muy bien.

—¡Ah!

El hombre se queda abstraído, retorciendo entre sus dedos una ramita. Piensa que en el sulky tiene unas revistas traídas para la muchacha, pero como ha dicho que no venía expresamente, le da vergüenza ofrecérselas. ¡Siempre esa maldita cortedad[68]! De lo contrario, tal vez Eva ya hubiera sido suya.

—¿Quiere mate[69]? –le pregunta ella dulcemente.

—No, no, gracias. Siga trabajando. Acabo de tomar.

¿Cómo expresarse para decirle que le ha traído unas revistas? Mira ligeramente a la joven. Sus ojos tienen un brillo extraño, piensa; nunca lo había notado. Se apagan y se encienden como luciérnagas vistas de cerca. ¿En qué pensará que está tan callada? ¡Eva querida! Sucede siempre que cuando llega la noche y termina sus ocupaciones y se queda solo en su rancho, solo con su soltería de cuarenta años la imagen de la joven llena su corazón y su casa. ¡Tan buena! ¡Tan trabajadora! ¡Tan honrada!

Desde hace muchos años que tiene la intención de hacerla su compañera, pero no quería proponérselo hasta que el campo fuera suyo, hasta tener pagado el último centavo. Al recibir la escritura[70] pensó en Eva. Él, un miserable inmigrante, ya era dueño de cincuenta hectáreas de campo. Podía casarse y vivir. No se atrevió a hablar directamente con el padre de la joven por lo que envió a su amigo Isaías, el panadero de «Las Acacias»[71], para que hiciera de intermediario.

---

68   *Cortedad*: Encogimiento, poquedad de ánimo, timidez.

69   *Mate*: Infusión de hojas de yerba mate (Ilex paraguayensis), secadas y molidas, servida en un recipiente que lleva el mismo nombre y que puede ser hecho de diferentes materiales (calabaza, madera, plata, cuerno) y bebida a través de una bombilla. Fue una bebida muy popular entre los gauchos del Río de la Plata que después se popularizó en la población general tanto del campo como de la ciudad.

70   *Escritura*: Documento comprobante que confirma la titularidad de una propiedad.

71   *Acacia*: Árbol o arbusto de hoja caduca de la familia *Fabaceae* común en la pampa argentina. Existen más de 1.400 variedades reconocidas.

—Le dices que no soy un jovenzuelo, ni un millonario, ni pertenezco a una familia de rabinos, pero la quiero y puedo ofrecerle una seguridad material.

—Ya sé yo lo que tengo que decir –replicó airado Isaías– ¡Mírenlo! ¡Ponerse a rogar! ¿Qué más quiere ella? ¿Tiene mucha dote? ¡Cómo si no se supiera que el campo, que las tristes cuarenta hectáreas del viejo, están hipotecadas, todo para hacer estudiar al sobrino! ¡Ir a ponerse de rodillas ante ella! ¿Acaso no eres hombre? Un hombre es un hombre y una mujer es una mujer. ¡Con lo que abundan las muchachas ahora! Con razón se dice en nuestras oraciones «Bendito seas, Dios mío, porque no me has hecho mujer»[72]. –Las últimas palabras pronunciadas en hebreo[73] le llenaron de una vanidosa satisfacción. Padre e hija van a bailar de satisfacción cuando se lo proponga.

Mauricio quedó en silencio retorciendo las guías de su bigote. Las razones de su interlocutor le habían dejado abrumado. Cuando el otro preguntó: ¿No es justo lo que te digo? respondió apresuradamente:

—Sin duda. Pero a ver si pones labia[74] para convencerlos. Confío en ti.

Empero resultó que el padre de Eva, un viudo enfermo y taciturno, respondió que si Mauricio tenía interés, se entendiera directamente con la hija. El panadero volvió furioso, clamando contra esos miserables que no tienen donde caerse muertos y todavía se hacen los soberbios.

---

72 Se trata de parte de una tradicional oración matutina recitada por los hombres. Contemporáneamente, esta frase ha sido o eliminada o transformada. Una interpretación de la oración es que los hombres le agradecen a Dios el haberles hecho hombre para poder cumplir con los deberes del hombre que siendo mujer no podrían hacer. Mactas obviamente lo incluye aquí con cierta ironía.

73 *Hebreo*: El hebreo-arameo era el idioma litúrgico que se usaba en las oraciones y servicios religiosos, a diferencia del ídish que era el idioma de uso cotidiano.

74 *Labia*: Forma coloquial de denominar a la verbosidad persuasiva y gracia en el hablar.

A Mauricio le pareció que el camino para llegar a la joven se había cerrado para él. Su vida se hizo más sórdida en el rancho descascarado; su soledad más agitada; su andar más lento. Los días se sucedían a las noches y las noches a los días y el campesino seguía inmóvil como la laguna cercana, la tierra y los árboles. Hasta que una noche se despertó con una inmensa ansiedad en el pecho. Gotas de sudor humedecían sus cabellos y la respiración le faltaba. En el silencio nocturno solo oyó el galopar misterioso de su corazón. ¡Ay! se quejó. Mas nadie respondió a su llamado. Tuvo miedo. La muerte parecía acercarse más aprisa sin verse detenida alrededor de su lecho por la recia valla del calor humano. Cuando el malestar hubo pasado juróse a sí mismo que al día siguiente iría a pedirle a Eva que consintiera en ser su esposa. Y a la mañana siguiente planchó con cuidado su traje para las grandes ocasiones, almorzó ligeramente, pasó por el pueblo a comprar unas revistas y dirigió el sulky a la chacra del viudo. Y he aquí que la suerte le favorecía porque encontraba solo a la muchacha.

La tarde va palideciendo cada vez más, como atormentada por el frío. En el tacho de lata las piezas de ropas ya han hecho un montón considerable. La joven sigue callada, sacudida interiormente por los sueños, como ráfagas de viento.

De pronto Mauricio exclama con voz alterada. ¡Eva!

Eva hace un esfuerzo y sale de sí misma. Mira al visitante y su ingénita bondad la mueve a ir en ayuda de ese hombre al cual ve preso de una lastimosa nerviosidad.

—Sí, Mauricio, diga. Diga que lo escucho

—Eva, yo...

Eva comprende. Ya en otras ocasiones la mirada de Mauricio le había producido una penosa desazón.

—Eva, quiero pedirle que se case conmigo.

¡Ah! ¿Por qué los sueños no se abaten, por qué no se estremecen y caen como mariposas bajo una lluvia violenta? ¿Por qué no dejan libre, libre y fría a su alma? No. Siente que siguen en ella, fuertes, tal como si estuvieran animados por una savia eterna.

—Yo trataré de hacerla feliz, Eva. Tengo cincuenta hectáreas de tierra propia. Antes de casarnos voy a hacer una casa de material.

Ella debe y quiere vencer los sueños y lo hará. Rápidamente se traza un cuadro de su existencia futura en compañía de Mauricio y su ánima se aquieta por fin. ¡Ya está! –piensa. Pero privada de ese calor interior, siente por vez primera, hondo y desgarrador, el desamparo humano. No lo sintió tanto cuando murió su madre dejando a la única hija en compañía del padre enfermo y melancólico.

Entonces se entregó de lleno a cuidar al padre y su misión no dio cabida a que se desarrollara el dolor. No lo sintió cuando traspuesta la adolescencia, la juventud comenzó a mostrar su hambre. Su savia se desbordaba en una honda piedad filial hacia el padre, hacia el primo, hacia quien se acercaba a la casa. Ahora, solamente ahora se sentía huérfana, privada del sentido de vivir.

—Y, Eva, ¿qué me contesta?

—Déjeme pensarlo, Mauricio. Ud. sabe que mi padre está enfermo y no tiene a nadie más que a mí en el mundo.

—Esta no es una razón para que Ud. se esté constantemente a su lado. Peor para él va a ser ver a Ud. sacrificar su vida. Además, no es una separación definitiva.

Ella sabe que Mauricio tiene razón en lo que dice, pero se aferra a la idea de que es necesaria, ciegamente, como una tabla salvadora.

—Si lo dejo es como si lo abandonara. No es hombre que pueda bastarse a si mismo. Pero yo lo pensaré, Mauricio. No hablemos más de esto ahora, que ya lo pensaré.

El ruido de otro sulky se deja oír.

—Es papá y David —dice la joven reconociendo el trote del caballo— quédese a tomar el té, Mauricio, y va a conocer a mi primo.

Y hay tal gozosa exaltación en el rostro de la muchacha mientras se acerca el carruaje que Mauricio exclama para sí: ¡Qué bella es!

***

La mano de David juguetea con una cucharilla de té, sobre el blanco mantel. Eva contempla furtivamente esa mano de dedos largos y finos. Luego su mirada asciende, incontenible, por el brazo, por el cuello, y se posa, tímida, en la boca, deseada e ignorada. Un largo rato se deja mecer por una sensación ficticia, cuya conciencia, iluminada a instantes, la turba profundamente.

Durante la merienda había predominado siempre la voz de Mauricio, mientras bebía ruidosamente el té.

—Dígame, Don Marcos —exclama de pronto mientras aparta de sí la taza. ¿Por qué vendió el maíz tan apurado? ¿No se imaginaba que iba a subir?

Su intempestiva pregunta no obtiene respuesta. Nota solamente que el rostro del padre se altera, que el de la hija enrojece de angustia y que el de David se torna sombrío.

—¿Por qué será? —piensa. Le debe haber presionado algún acreedor. De fijo que está en las garras de López y Cía.

La muchacha empieza a colocar lentamente las tazas

en la bandeja. No sabe cómo romper el penoso silencio. Es el mismo Mauricio quien reanuda la conversación empezando a contar al dueño de casa los incidentes de una feria de ganado, celebrada el domingo anterior. Y mientras los dos hombres se enfrascan en una discusión sobre vacunos, Eva se dirige a la cocina para lavar la vajilla. David la sigue sin decir palabra, irritado por la plática vulgar de la mesa. Toma una sillita de paja colocada junto al fogón y se sienta casi en el umbral de la puerta. Luego extrae de su bolsillo un pequeño libro y se sienta a leer. La última y lívida claridad del día de Invierno se posa en su amplia frente con una caricia de luna. La nariz, majestuosa, se va perdiendo poco a poco en las sombras que invaden el cuarto. Eva puede ahora, en tanto asea las tazas contemplar a su antojo la cabeza querida. ¡Ah! ¡Cuán hermoso e inteligente es! ¿Qué estará leyendo? Seguramente una novela. Sí, sin duda. Hasta diríase que una atmósfera de alta espiritualidad, desprendida del libro, va rodeando al lector. Pero de pronto se da cuenta de que David no lee. Tiene la vista fija en el mismo punto y su frente se halla contraída por la preocupación.

—¿Qué te sucede David? —clama casi, dejando abandonada la taza y el repasador.

David, que se halla a la espera de la pregunta, cierra el libro y rompe a hablar violentamente. Quedas[75] y ásperas, las palabras resuenan como un chisporroteo. Estaba bien que porque él era huérfano su tío, el padre de ella, hubiera tomado bajo su protección al hijo de la hermana y se hubiera empeñado en darle una educación. Estaba bien que le costeara generosamente los estudios universitarios, pero de ahí a sacrificarse sólo para que el sobrino terminara

---

75   *Quedo:* Con voz baja o que apenas se oye.

su carrera, era ilógico y hasta una estupidez. Sí; una estupidez.

—¿Por qué dices esto? –le interrumpe la muchacha, palideciendo.

—¿Acaso no sé que el año pasado hizo una hipoteca sobre el campito para mandarme mil pesos y ahora ha vendido el maíz para darme dinero antes de que me vaya?

—Seguramente lo ha vendido porque debía venderlo. Tú no tienes que preocuparte por estas miserias.

—¡No preocuparme! ¡Pero sí me estoy esclavizando en una deuda de gratitud! ¡Estoy comprometiendo mi porvenir! En adelante no pensaré más que en pagarle en cualquier forma lo que le debo. ¡Me estoy atando a tu padre!

—¡Oh, David! ¿Por qué dices esto? ¿No sabes que cada aprobado tuyo es el mejor premio para él? Tú vivirás tu vida y serás feliz.

—¿Qué sabes tú de esto? ¿Y los deberes de la conciencia?

Mauricio se retira ya. Entra en la cocina cuya puerta da al patio, ostentando una sonrisa de satisfacción. Ha dado el paso tan difícil y se siente aliviado y dichoso.

—Volveré pronto, Eva –le dice mientras le oprime la mano– muy prontito.

Eva siente una leve náusea subirle por la garganta y sus dedos comienzan a temblar.

—Hasta la vista, Mauricio, que le vaya bien.

—Adiós, estudiante, que le vaya bien en los estudios. Adiós, don Marcos. Ya sabe; cuando necesite el aparato me lo manda a pedir nomás. Entre familia, –exclama en voz más baja y con ligera malicia– no hay que andar con remilgos.

—Muchas gracias. Lo acompaño hasta el sulky.

Eva queda apoyada en la mesa, más descolorido el rostro y más humilde el aspecto. Oye vagamente cómo Mauricio se aleja conversando con el padre; cómo arranca el carruaje y los pasos del dueño de casa que retornan.

David, que había cogido el libro nuevamente, exclama cerrándolo con violencia:

—Escucha, Eva; no vuelvo a tomar ni un centavo de tu padre. ¡Ni un centavo!

—¡Cállate –le pide Eva asustada– cállate! que viene. No le des un disgusto, por favor.

La figura del padre se recorta en la puerta. Pequeño y grueso, con las manos cortas y los ojos profundamente tristes. Ha escuchado las últimas palabras y algunas de las que se hablaban antes mientras estaba en el comedor con Mauricio. Se encamina al banco de madera, se sienta con los codos apoyados en la mesa y comienza a hablar sin vacilaciones. Y hay tal secreta elocuencia en las frases toscas y entrecortadas que Eva y David lo escuchan maravillados y sorprendidos.

¡Ah! ¿Qué alegrías había tenido él en la vida? Un destino obscuro, trabajos groseros, pobreza, humillación y una viudez prematura. Ni siquiera un hijo varón. Cuando era pequeño envidiaba a los vástagos[76] privilegiados de la ciencia que aprendían en las sinagogas, en una atmósfera santa, mientras que él se quemaba las manos en la fragua. Cuando se casó, pensó realizar en los hijos sus anhelos. Tampoco Dios lo había querido. Ahora se le presentaba la ocasión de realizar sus sueños en el hijo de su hermana, como en su propia sangre. Era ésta su única satisfacción presente. ¿Quién decía que era un sacrificio para él? No.

---

76 *Vástago*: Hijo.

David estaba equivocado. Si quería ver feliz a su tío, que siguiera estudiando tranquilamente. Que llenara su corazón y su cabeza de sabiduría. Nada más. Eva se casaría pronto y él, viejo ya y solo, se arreglaría con muy poco. Por lo tanto no había que mencionar más palabras tales como sacrificios, deudas, gratitud. Todo sucedía naturalmente y como debía ser.

—Tiene razón papá –subrayó Eva apasionadamente. Todo es como debe ser.

El padre se pone de pie, con el rostro arrebatado por el esfuerzo de su discurso.

—¿Me prometes –agregó dirigiéndose a David– no mencionar más el asunto?

—Si Ud. me lo pide.

—¿No pensarás más en gratitud?

—No; ahora estoy tranquilo.

—Bien; me voy a encerrar los terneros.

El padre ha abandonado la estancia, un tanto avergonzado por la escena habida. Eva, a través de la ventanilla, contempla el campo ensombrecido. Diríase que el silencio se ve y se palpa, gris y brumoso, desprendiéndose del horizonte. La tierra, después de dar su fruto, yace tranquila y cerrada a la espera de la nueva germinación. La yegua pace en el potrerito sosegadamente, cumplida la dura jornada del día. Una fogata palpita en las sombras cada vez más espesas. La prendieron los enfardadores para hacerse la comida.

— ¿Sabes, Eva? –dice David, levantándose de su asiento. Tu padre tiene una manera particular de hablar. Me gusta. Hay que prender la luz, Eva. Es ya de noche.

Eva no responde. Sigue mirando por la ventanilla. El mudo lenguaje de la campiña la tiene subyugada.

* * *

Vino y pasó la Primavera, ebria de vigor, contando en los días y sollozando en las noches. Vino y pasó el Verano, pesado de recompensas. Eva, silenciosa y activa como siempre, seguía alimentando sus sueños como la tierra sus gérmenes.

—Un poco más adelante, Mauricio –respondía a su pretendiente– Papá no se siente bien ahora. Veremos para el Invierno.

En Marzo se recibió[77] David y al día siguiente de llegar el telegrama con la grata nueva, la cual llenó de fiesta el pequeño rancho, otra noticia, infausta como fausta fue la primera, vino a poner en los corazones dolor y ansiedad. El campo estaba perdido. Padre e hija debían abandonar muy en breve la chacra. Pero estaba escrito que el padre moriría en su tierra. Aquella misma tarde volvió a sufrir un ataque al corazón y pocas horas después, agonizaba torvamente en su lecho de viudo.

Se lo colocó en el suelo, se le tapó los ojos con dos trocitos de porcelana perteneciente a un plato roto[78], porque es en la vista donde más anida el deseo, se lo cubrió con su manto de oración, sucio del uso y de plegarias barboteadas[79]. Y se dejó preparado el cáliz del hombre para la tumba.

El primero en acudir al tener conocimiento de la noticia, fue Mauricio. Enseguida mandó avisar al sobrino del muerto y al volver se sentó al lado de la joven acariciando en silencio su mano.

---

77 *Recibirse*: Graduarse, recibir el título de bachiller, licenciado o doctor.

78 Es la costumbre funeraria en la tradición judaica cubrir los ojos del difunto con fragmentos de alfarería o cerámica. La práctica tiene sus orígenes en Génesis.

79 *Barbotear*: Barbullar, hablar atropelladamente y a borbotones.

Los perros ladran en la noche lenta y las vecinas lloran silenciosamente. Las velas, lívidas, arrojan a los muros una claridad ultraterrena. El cerebro de la muchacha se halla más obscuro que su pena. Le parece hallarse en un mundo ilógico, sin principio y sin fin, sin atmósfera y sin gravedad. Mira al bulto del suelo y le parece a veces, en la negrura del suelo, una piedra que cayera al vacío. He aquí otra vez la muerte. Explota de pronto como calentada largamente en las propias entrañas.

A las cuatro de la mañana llegó David. Abraza a Eva y descubre la cabeza del yacente. A la vista de la frente tristísima y de la boca plegada severamente, le embarga una pesada ternura hacia ese hombre que lo amó sin egoísmo y rompe a llorar. Eva ahogada en lágrimas también, sale afuera, al patio.

Amanece con una luz blanca y penetrante. La claridad va despertando suavemente al campo. Una gallina se zafa del gallo gritando desaforadamente. He aquí la tierra otorgando y otorgando su fruto. He aquí las vacas perennemente grávidas[80].

Eva piensa superficialmente, sin penetrar hasta su propio corazón, donde todavía duerme la conciencia de su tragedia. Apoyada contra la pared, contempla, febril y pálida, la inmensa llanura. De pronto se estremece. No sólo la voz de David, sino sus brazos la envuelven.

—Eva. Supe lo del campo. Me lo contó el chofer que me trajo de la estación.

—¡Bah! No hay que pensar en eso ahora.

—Todo ha sido por mí, Eva, por mi carrera.

—¡Tonterías!

—Pero todo se arreglará, Eva. Después del entierro

---

80   *Grávida*: Preñada.

vas a liquidar todo lo que te pertenece en la chacra, nos casamos y nos vamos a la ciudad.

¿Qué dices?

Digo que te casarás conmigo. De ese modo todo se arreglará.

¿Cómo? ¿Absurdamente, maravillosamente, como viene la muerte se realizan los sueños más locos?

David ha entrado otra vez en la cámara mortuoria. «Nos casaremos, Eva, y de ese modo todo se arreglará». ¡Ah! ¡David quiere quedar en paz con su conciencia!

La claridad aumenta. La mañana semeja ahora una enorme perla purísima que lentamente se va iluminando por dentro. Y de nuevo el mudo lenguaje de la campiña habla a la muchacha. Pero esta vez la muchacha comprende perfectamente sus palabras. «Se vive únicamente cuando se da», tal es la ley de la tierra. «Obsérvame siempre henchida o germinando; observa las bestias; observa a los pájaros creando sus nidos, ciegos de voluntad; observa a la gallina con su cloqueo, dulce como un canto, mientras su calor hace florecer los polluelos». «Dar es vivir». «Dar es paz».

¿Qué puede dar ella a David? David no ha menester de ella.

Mauricio le toma la mano, hablándole con cariño.

—Eva ¿Qué hace aquí parada? Entre. Le voy a servir una taza de té.

—La frescura que viene del campo me hace bien.

—¿Le traigo una silla, entonces?

—No, no. Deje.

Coge un brazo de Mauricio y apoya la cabeza en su hombro, sin miedo y sin repugnancia.

—¡Eva! ¡Querida Eva!

¡Sí! ¡Se casará con Mauricio! Mauricio la necesita. En compañía de Mauricio podrá cumplir el tremendo mandato de dar para existir. Y sus días trascurrirán prestos y henchidos.

Penetra en la casa y por primera vez cae desesperada al lado del cadáver, con ásperos gritos prolongados que asustan a los gárrulos pájaros de la mañana.

FUEGO

Se rompa el cristal del cielo
que envía la luz del sol
como lo enviara un espejo,
con agudo resplandor.
Y baje el agua a la tierra
cual un alado animal;
para la tierra ¡qué fiesta!
cuando sienta su aletear.
Fuego sin cuerpo y sin llama
aún más que el aire sutil
ha desolado las plantas
dejándolas mustias, gris;
ha evaporado las claras
fuentes de serenidad
en los ojos de las vacas
llenos de hondura eternal;
se introdujo en las entrañas
obscuras del labrador
y secó en la arcilla humana
el jugo del corazón.
Ya no siente la campiña
ni el deseo de alentar
ni sed las bestias vencidas
ni los hombres ¡Ay! piedad.
Sapos y escarabajos
que han surgido sobre el haz
terrestre por el reclamo
de un hálito de humedad
cuando descienda la lluvia
a sus cuevas volverán.
Afanes, llagas impuras
de dolor incorporal
brotados de muy adentro

hasta el haz del corazón
por el sangrante e interno
fuego devastador,
cuando descienda la lluvia
al fondo se irán también
que tierra y alma se enturbian
por esta tremenda sed.
Agua, descienda el agua
como un alado animal
sobre la tierra sus alas
tienda y vendrá la paz.

El mediodía se estrellaba ciego contra el suelo duro y resquebrajado por la larga sequía, provocando al chocar olas quemantes que llenaban la atmósfera como el vapor a una caldera hirviente. Las aves, aturdidas, refugiábanse en la sombra, contemplando en el aire, con sus ojillos redondos e inmóviles, el vibrar del calor. Los árboles parecían hipnotizados por los rayos solares y el espíritu de la tierra, cuya obscura cabeza había aparecido por un cuadro labrado, retornaba a las profundidades, empujado por la temperatura canicular[81], apareciendo la superficie nuevamente seca y grisácea, torva y áspera.

En el pequeño potrero lindante con el patio de la casa, dentro del cual un charquito seco comunicábale más aridez aún, «La Chilena», la vaca mejor de la chacra, agonizaba penosamente. Una semana antes había parido alegremente ternerito que retozaba ahora a su alrededor, siendo entonces cuando le sobrevino la amarga enfermedad cuya misteriosa potencia íbala aniquilando gradualmente. Su ubre comenzó a hincharse de un modo tal, que al cabo de dos días, imposibilitada de tenerse en pie, hubo de tumbarse en la tierra, rechazando al hijo cuando venía a mamar, torciendo la cabeza cuando el amo, solícito,

---

81   *Canicular*: Relativo a la canícula, período del año en que es más fuerte el calor.

acercaba a sus belfos[82] alfalfa recién cortada y profiriendo continuamente un lamento grave, extraño, lastimoso. La esposa del chacarero, que había acudido a su lado, al mismo corazón del campo, no bien tuvo noticias de lo que acontecía, se conmovió hasta las lágrimas. ¡Pobre, pobre «Chilena»! Tirada así, quejándose tan dolorosamente, no parecía el mismo ser fuerte, dulce y callado, perfecto realizador del sacrificio de la Naturaleza. Dijérase su grito, el grito verdadero de la carne solitaria, amasada para la muerte y creada para el desgarramiento. La campesina, que sin darse cuenta aprende siempre de la vaca la fortaleza y el gozo de dar a luz, se arrodilló a su lado y como una querida hermana infortunada, como una noble hermana repentinamente enloquecida, la estuvo acariciando largo tiempo. ¡Pobre, pobrecita «Chilena»!

Al dueño de la chacra, áspero como la vegetación por la sequía, aquella enfermedad de la bestia vino a colmar su pesadumbre. Se levantaba a medianoche, corriendo al campo para comprobar si había reaccionado; abandonaba la comida si se le ocurría, de pronto algún remedio y no prestaba atención a los quehaceres cotidianos. Al cabo, viendo que iba de mal en peor, ató una rastra trasladándola con sumo cuidado hasta cerca de la casa, para vigilarla con más libertad, y también para apartarla de otros animales por si padecía una enfermedad contagiosa.

El veterinario del pueblo fue llamado dos veces, recetándole bebidas y ungüentos, pero todo resultaba inútil; no mejoraba. Por lo contrario, las mamas se iban agrandando a ojos vistas, sus quejidos se hacían más intensos y las pupilas se dilataban más y más.

¡Pobre, pobrecita «Chilena»! Durante diez años, como hija cumplida de la tierra, había otorgado en su

---

82   *Belfo*: Cada uno de los labios de la vaca, el caballo u otros animales.

tiempo frutos, rozagantes becerritos destinados al matadero, que la madre daba sin tregua al mundo con la inocencia de crear, y he aquí que de pronto caía herida precisamente en la fuente de su fuerza. El amo guardaba hacia ella un íntimo agradecimiento y no le era ajeno que un lazo común los unía. La buena «Chilena» habíale servido espléndidamente y juntos habían sentido a la Naturaleza: en la alegría de las lluvias, en el dolor de las sequías y en el zote de las heladas. ¿Cómo podía, entonces, prestar oídos a los vecinos que aconsejaban matarla, terminar de una vez con ella? No; no podía hacer tal cosa. La dejó en el solar poniendo a su alcance pasto por si deseaba comer en algún momento y aplicándole todos los remedios posibles. Eso sí: mandó avisar al hijo del curandero[83] que cuando en las mañanas pasara por la chacra, se informara si el animal había muerto, a fin de extraerle el cuero, de valor siempre.

El calor se iba haciendo cada vez más espeso. Las moscas se posaban lentamente en el cuerpo desmayado de la vaca, la que en aquella posición había visto cuatro veces enrojecer y palidecer el horizonte; había visto los perros hambrientos de la vecindad llegarse hasta ella y olfatearla, y había visto al amo perseguir a la vaca holandesa[84] obligándola por la fuerza a dar su leche al ternero de la enferma, sin que ella, la «Chilena», hubiera hecho el menor movimiento de rebeldía, pese a que recién parida y atormentada por crueles dolores se había levantado para lamer al hijo, gruñendo ásperamente al patrón cuando quiso acercársele. Ahora, debatiéndose contra la muerte, se hallaba únicamente atenta a sí misma, encerrada en su sufrimiento como en una cáscara. De vez en cuando abarcaba

---

83   *Curandero*: Persona que, sin ser médico, ejerce prácticas y rituales curativos populares.
84   La holandesa es la raza de vaca lechera (Bos Taurus) más común en la Argentina.

con su trágica mirada la vasta campiña, gimiendo sordamente. El cuerpo parecía empequeñecido debido a la sobrenatural hinchazón de la ubre, cuyo aspecto daba la impresión de una monstruosa flor violácea surgida del suelo requemado y en los ojos, inyectados de sangre, nadaban extrañas luces de terror y de afán, el miedo de la materia a la inmovilidad y el anhelo curioso de la misma materia por la lucha y el misterio. ¡Pobre, pobrecita «Chilena»!

El amo, sentado en uno de los escabeles para el ordeñe[85], a la sombra del molino, la contempla ensombrecido. ¡Mala suerte la suya! Como una negra maldición le perseguía la desgracia en los últimos tiempos. Primero le robaron el arado; luego vino esa sequía devastadora y a la postre se le moría una vaca de la estirpe de la «Chilena». ¡Cómo para prosperar con tanta malaventura! Mientras su vecino Samuel, hijo de un carrero, compraba nuevas cincuenta hectáreas de campo, él, descendiente de sabios y claros varones, de rabinos y doctores, se consumía trabajando y lo más lindo sin resultado. ¿Por qué? ¡Ah! ¡Qué no daría él para poder agregar otro cuadro de tierra propia a la que había recibido de su padre! ¡Qué no daría para poder decir: tengo doscientas hectáreas de campo bien mías! ¡Todo lo que véis desde aquí es mío, bien mío! Y que el dueño de los principales almacenes del pueblo dijera, señalándolo: este chacarero tiene en mis negocios todo el crédito que desea, pues no en balde es propietario de doscientas hectáreas de campo. ¡Mala suerte la suya! En cambio su único hermano sí que había nacido con buena estrella. Vivía en la ciudad, su retrato salía en los diarios por el dinero que daba para beneficencia y su familia gastaba seis mil pesos, todos los veranos, en las playas. Así se decía en la Colonia.

---

85   *Ordeñe*: Práctica por la cual se retira leche de la ubre de la vaca.

El niño, de pie junto a su padre, observaba los crueles espasmos de la «Chilena», divertido con el juego de dos moscas, mientras que de cuando en cuando arrojaba terroncillos de tierra al becerrito, el cual retozaba alegremente agitando su cola blanca y roja, ajeno por completo al calor y a los padecimientos de la madre; luego, cansado de correr, buscó un sitio fresco y no encontrando nada mejor que la sombra de la vaca moribunda, fue a instalarse tranquilamente detrás de la masa inerte y vencida.

El rostro del hombre vibraba de cavilaciones internas. Tan ensimismado se hallaba que no oyó el ruido del motor de un auto viniendo por la carretera y deteniéndose en su casa, ni el ladrido de los perros cortado al ordenarles silencio una voz femenina, ni luego los pasos apresurados de su mujer, dirigiéndose a él muy excitada:

—Marcos, Marcos, tienes visitas... ¿Sí? ¿Quién...?

—Tu hermano Simón...

—¡No! ¿Cómo puede ser...?

—Simón; sí. Llegó de Buenos Aires con el tren de las doce; lo trajo de la estación García con el auto...

—¿Vino con Ana y los chicos?

—No; solo y hasta sin valijas...

—¿Y a qué vino?

—¿Qué se yo? No se lo he preguntado; lo dejé en la glorieta[86] y me vine a avisarte. Apúrate... Y sin esperar más, la mujer se alejó ligera como había venido, seguida por el niño rojo de entusiasmo y alborozo por la novedad, mientras llenaban el aire los ladridos de los perros escoltando al auto que retornaba al pueblo.

Marcos quedó de pie, inmóvil, reflejado el asombro en

---

86   *Glorieta*: Plazoleta, por lo común en un jardín, donde suele haber un cenador.

la expresión perdida del rostro. ¡Qué raro, pero qué raro! ¡Recibir así, de pronto, la visita del ricachón! Si desde la muerte del padre, pronto diez años, en que vino a recoger su herencia (en efectivo la quiero, en efectivo, había dicho el muy sórdido en aquella ocasión), no habían vuelto a verse y ni siquiera había recibido dos líneas o una mísera tarjeta. Sabía de él por algún vecino al volver de la Capital y también por los diarios. Nada más. En diez años ni una visita, ni una carta, ni un saludo, y he aquí que de pronto caía sin avisar. ¡Era extraño, verdaderamente! ¿No vendría a pedirle algo? ¡Ah, buenos estarían los tiempos si el rico comerciante recurría al pobre campesino, al miserable campesino, perseguido por la mala suerte!...

Así pensando vertiginosamente, se encontró cara a cara con Simón, sentado en la verde glorieta levantada airosamente a la izquierda de la casa. ¿Pero era realmente su hermano? El cabello se la había vuelto gris por completo mientras que sombras se apretaban en su rostro antes rubicundo. Al verlo, Simón se levantó esbozando una sonrisa triste y humillada, muy distinta de su antigua sonrisa, clara y abierta, de vencedor.

Estrecháronse las manos en silencio, con visible embarazo[87]. Al visitante le temblaban los labios; el dueño de casa esquivaba la mirada.

—Sentáte, sentáte[88] —exclamó al cabo, el segundo, indicando el rústico banco sin respaldo. ¿Y el equipaje?...

—No he traído equipaje; pienso irme esta noche...

---

87   *Embarazo*: Encogimiento o falta de soltura en los modales o en la acción.

88   *Sentáte*: Sentarse, imperativo de la segunda persona singular en el *voseo* argentino. Equivalente a «siéntate» en el español estándar. Es una de las pocas instancias en que la autora emplea el *voseo* en el texto, lo cual ocurre con irregularidad alternada con el uso del «tú» y aún «vosotros» del español peninsular.

—¿Esta noche? ¿Tan pronto? ¿Por qué?...

—Y así... tengo que volver...

—¿Mucho trabajo...?

—Muchos quebraderos de cabeza...

—¡Ah!

¿Pero qué le pasaba a Simón, el millonario? ¿Qué ráfaga había barrido su dichoso aspecto? El hermano menor abarcó rápido, de una intensa mirada, al mayor, al que había partido y triunfado en la ciudad fastuosa, y una ola de halagadora conmiseración ablandó su viejo rencor y enfrió su ardiente resquemor. Con una súbita sonrisa preguntó cálidamente:

—¿Tu mujer y tus hijos bien?...

—Sí, sí; bien, gracias...

—¿Los chicos estudian?...

—Estudian, sí...

—David debe estar hecho un mozo ya, ¿no?

—Así es; Haydée también está grande y el chiquitito es muy parecido al tuyo. Rubio y vivo...

El diálogo brotaba dificultosamente como el vino de una botella largo tiempo cerrada. La mujer, de pie junto al niño sentado en la mesita, observaba simultáneamente a los dos hombres. Su mirada era vigilante cuando se dirigía al marido y recelosa y admirativa cuando se dirigía a su cuñado...

—Y los negocios, ¿marchan? —siguió inquiriendo Marcos con su voz sorda, de hombre acostumbrado al silencio.

—¿Cómo, cómo dices...?

—Pregunto cómo te va en los negocios. ¿Pero para qué preguntarte? A vos siempre te va bien...

—Oh, cállate mejor! —respondió el otro con voz

apenas perceptible, poniéndose a acariciar los cabellos del niño. Luego, cuando la mujer abandonó la glorieta para ir a preparar un mate, según había expresado, rompió a hablar sin aliento, con la vista baja, huyendo de la mirada asombrada de ese hermano suyo, a quien apenas conocía.

Contó que había sido víctima de los malos tiempos; que deseoso de salvar su bienestar se había embrollado de un modo increíble; que había hecho todo lo posible para salir del atolladero[89] y que viendo que le era imposible había resuelto recurrir a su hermano, el único miembro de su familia.

—Si no me ayudas, un horrible porvenir tanto a mí, como a mis hijos, como a mi esposa, nos espera. La miseria y la vergüenza –terminó con voz desfallecida.

El chacarero permanecía mudo y reconcentrado. Rechazó el mate que le ofrecía su esposa y preguntó al cabo, mirando fijamente a su hermano:

—¿Ayudarte? ¿Cómo...?

—Prestándome algún dinero. Como que hay Dios, Marcos, que no es dinero perdido. Te lo juro. Tengo en vista un negocio, un negocio formidable...

—¿Cuánto necesitas? –le interrumpió el otro.

—Y... creo... que sería suficiente con cinco mil pesos.

El chacarero se levantó bruscamente derribando la pequeña sillita de paja en la que estaba sentado:

—¿Qué? ¿Qué dices? ¿Estás loco? ¡Cinco mil pesos! ¿De dónde voy a sacar cinco mil pesos yo? En mi vida he visto tanto dinero junto.

El hermano mayor clavó en el otro una mirada fría, llena de íntima desesperación, la mirada de unos ojos que

---

89   *Atolladero*: Atascadero, lodazal o sitio donde se atascan los carruajes, las caballerías o las personas y por extensión un estorbo u obstáculo que impide la continuación de un proyecto, de una empresa, de una persona.

se habían dado vuelta hacia dentro, ajenos a la vida y sólo atentos al propio clamor, insistiendo nuevamente, con voz ya calma:

—Necesito cinco mil pesos. Tienes ciento cincuenta hectáreas de campo. Sácalos de allí...

—¡Sácalos de allí! ¡Sácalos de allí!, se mofó sarcásticamente Marcos, sublevado por el tono perentorio, el cual despertaba nuevamente su antigua enemistad. ¡Sácalos de allí! ¿Cómo? ¿Hipotecando el campo, no? ¿Exponiendo el pan de los míos? ¿Sacrificando mi vida? Y todo, ¿por quién? Por un hermano que durante toda su existencia ni siquiera se dignó a mirarme. ¿Me ayudaste mucho cuando quisieron rematarme todo lo mío porque la venta del cereal no me alcanzó para pagar las provisiones del año? ¿Recibí siquiera de ti una palabra de aliento?

—Yo no sabía nada. No me lo comunicaste. Si me hubiera enterado hubiera vendido hasta el último trapo de mi negocio para ayudarte. A más de una persona le he facilitado fuertes sumas de dinero y más lo hubiera hecho a mi propio hermano. Y después de todo, basta de palabras inútiles. Te digo que necesito estos miserables cinco mil pesos.

Pálido como un estanque en la noche se hallaba éste. Arrebatado como un pájaro cuyas plumas ardieran se hallaba el otro. Las bruscas palabras rasgaban la gruesa atmósfera del mediodía con ruido tenaz. El niño iba y venía del potrero a la casa, de la casa al potrero. Observaba a la vaca debatiéndose en su agonía y observaba el rostro de su padre y de su tío, llenos de cólera y dolor, divirtiéndole ambos espectáculos igualmente absurdos a sus ojos bien incrustados en la carne rosa.

—Tienes que conseguirme los cinco mil pesos –seguía

insistiendo Simón, cada vez más exangüe, como si toda su sangre se iría depositando en el fondo incierto del ser, cada vez más helados los ojos, como si paulatinamente se fueran más adentro.

—¿Pero te imaginas que con mis propias manos voy a tomar la cuerda para ahorcarme? ¿Te imaginas que para sacarte a vos de un apuro voy a exponerme a mendigar en el futuro? –repetía Marcos, cada vez más encarnado, como si de su frente estallara toda la sangre de su cuerpo, enceguenciendo sus pupilas y poniendo un gusto acre en sus labios. Hubo un momento, no obstante, en que quedó silencioso, sus facciones y su color volvieron a ser naturales, sus pupilas adquirieron el jugo y expresión corriente y contempló a su hermano con una mirada más tranquila y normal. Empero la mujer, adivinando, rápida, lo que acontecía en el interior del ánimo de su compañero, dibujó en su faz una expresión dura y mala, destruyendo así el sentimiento que se insinuaba. Enajenado nuevamente, Marcos clamó así:

—No puedo; es inútil; nada vas a conseguir de mí...

El hermano mayor, entonces, se levantó lentamente, tanteando sobre el banco para recoger el sombrero. Estremecimientos pasaban por debajo de su piel como sombras fugitivas.

—Está bien –habló quedamente. Me voy. Sólo quiero decirte una cosa: que ojalá no te pese...

—El tren sale recién a la noche, Marcos. ¿Dónde va a ir ahora? –habló por primera vez la mujer, quebrando el penoso silencio.

—No importa; me voy...

—Por lo menos lo voy a llevar con el sulky; espere media hora hasta que lo ate...

—No hace falta, me voy a ir a pie...

El dueño de la casa se había sentado, con la cabeza hundida en las manos. Cuando al cabo de unos minutos oyó el ruido de la tranquera al cerrarse, se levantó de un salto corriendo hacia fuera. Por el camino lleno de polvo prieto y ardiente Simón se alejaba solitario. Caminaba encorvado, dando tumbos. Bajo el ardor de los rayos solares parecía como los campos, las aves y las bestias, abrumado por una fuerza misteriosa. El hermano pequeño sintió que las lágrimas amargas acudían a sus ojos y se dispuso a llamarlo. Pero algo más poderoso que su impulso ahogó sus palabras antes de ser pronunciadas y volvió adentro encorvado también y dando tumbos.

* * *

Como a las cinco de la tarde, en la hora que el calor comienza a amenguar, la vaca tuvo una última convulsión quedando rígida. Enseguida corrió el niño a llamar a Braulio, el hijo del curandero, y dos horas después la bestia yacía en pleno campo rodeada por los perros, desnuda y roja como un puñal asesino.

En la casa marido y mujer no se dirigían la palabra. Se sentían separados y alejados. Cenaron silenciosamente y apenas anochecido se recogieron. La mujer se mantuvo despierta hasta que el silbato del tren, partiendo del pueblito próximo, rasgó como el grito de un ave nocturna el hondo silencio campesino. Después se dio vuelta a la pared, suspiró ruidosamente y se durmió. El marido, en cambio, sintió que el agudo silbato penetraba en su conciencia despertando allí millones de seres bullentes y malignos. Largos estremecimientos comenzaron a recorrer su cuerpo; secos sollozos se desprendieron de su garganta; frecuentes crispaciones erizaron su cabello. ¡Dios santo! ¡Dios santo! ¿Qué había hecho? ¿Por qué le había dejado partir? ¿Por qué no lo había retenido y tratado entre los dos de darse una idea para conseguir el dinero? ¡Se había ido tan desesperado! ¡Se había ido sin despedirse, a pie, como un vagabundo! ¡Pero también, exigirle 5.000 pesos! ¿De dónde los iba a sacar? ¡Era imposible! ¿Y si lo llevaban a la cárcel? ¡Dios santo, si lo llevaban a la cárcel! Su alma atávica de judío y de campesino alejado del contacto con la justicia social, se ovilló con terror. ¡Ah, sí! Mañana mismo escribiría a su hermano comunicándole que en cualquier forma conseguiría el dinero. ¡Mañana mismo! Pero para conseguirlo tendría que hipotecar el campo. Era exponerse a perder su tierra, la tierra que era bien suya. Sin su propiedad ¿qué sería de él? ¡Oh, mejor no pensarlo, mejor era morir!

Sintiendo que ráfagas de demencia amenazaban quemar su mente, trató de refrescarse hundiéndose en los recuerdos de la infancia, como en aguas hondas y silenciosas. Episodios tiernos, suaves y livianos, surgieron ante su vista como luciérnagas en una noche sombría: una mañana de primavera; una lagunita rodeada de tierra negrísima; una manada de gansos blancos volviendo al atardecer a la casa; luego la barba obscura de su padre, sus plegarias matutinas, su figura en al arado; las golosinas de la madre, una enfermedad infantil, la escuela. Entonces sí que los hermanos se hallaban unidos, ciega y dulcemente, como polluelos recién nacidos. No había bajos intereses ni familias respectivas. No había grandes casas de negocios ni quiebras, ni campos ni propiedades. ¡Ah! ¡Lo que era el maldito dinero! Si él hubiera sido pobre, es decir miserable, no hubiera tenido campo, ni hacienda, ni cosechas, su hermano no hubiera recurrido a él y no hubiera pasado lo que pasó aquella horrible tarde. Ningún remordimiento le torturaría ahora, remordimiento más pesado que la carga de sus bienes. Remordimientos que acechan en el interior de los corazones humanos como ratones para que se apague la luz. ¡Dios, Dios santo! ¿Qué hacer? ¡Ayúdame, Dios mío! Rogaba con la fe vibrante de un viejo judío. ¡Ayúdame! ¡Que me ilumine tu comprensión! ¡Lo único que puedo hacer es sacar dinero en hipoteca y es superior a mis fuerzas! ¡Ayúdame Tú! ¡Sabes que muchas veces he cerrado los ojos y que me he abandonado a tu voluntad porque es la verdadera! ¡En ti está la ayuda! ¡Sálvame!

De pronto una idea le conmovió como una corriente eléctrica. ¡Ya está! ¡Haz, Dios mío, por ejemplo, que hoy, hoy mismo, esta misma noche, se muera todo el ganado, se ahoguen mis vacas, mis ovejas, mis caballos! ¡Haz lo que te pido, Dios mío! O haz mejor que se quemen mis dos parvas de trigo, con las cuales tengo que pagar las cuentas del año. ¡Oh, sí! ¡Que se quemen mis dos parvas de trigo! ¡Reduce a cenizas las gruesas espigas! ¡Convierte en polvo los altos montones brillantes y orgullosos! ¡Otórgame esta merced, Alto y Poderoso! ¡Castígame en mi riqueza para librarme de su terror! ¡Hiéreme para que mi propia sangre me salve de esa otra sangre negra y mala que viene de la conciencia! ¡Ten piedad, Dios mío! Y sollozos y lágrimas brotaban de él fuertemente. La joven esposa abrió los ojos pero enseguida el peso del cansancio de todo un día de trabajo la volvió a hundir en su sueño.

El hombre seguía gimiendo angustiado y revolviéndose como hostigado por un dolor físico. De pronto le pareció que el ganado mugía a lo lejos y que un leve olor a quemado penetraba por la ventanita abierta del dormitorio. ¿Qué podía ser? Bajó del lecho y se dirigió afuera. El cielo ostentaba un marcado tinte rosado y llegaba cada vez más nítido el concierto de balidos, como si los animales se estuvieran acercando a la casa. Temblando intensamente el chacarero se lanzó al campo, pero antes de llegar al primer alambrado una exclamación se escapó de sus labios. ¡Las parvas ardían! Desde lejos se veía que una se hallaba ya casi consumida y que la otra parecía como si recién se hubiera prendido. A todo correr se dirigió a ellas. Piedras y abrojos lastimaban sus pies y rasgaban sus piernas desnudas. En mitad de su carrera tropezó con el cadáver de la «Chilena» y cayó sobre ella. Rápidamente se puso de pie con las albas ropas manchadas de sangre. Lloraba y reía a la vez, preso de una crisis nerviosa. ¡Ah, sí! ¡Dios era misericordioso! ¡Escuchaba la súplica de los fieles! Ahora sus propios contratiempos no darían lugar a los remordimientos. Dios era poderoso y misericordioso...

El ganado entero venía despavorido, pasando a su lado velozmente. Al acercarse al lugar del siniestro comprobó que una parva era ceniza ya, mostrando un innoble aspecto de derrota. La otra semejaba un palacio encantado lleno de luces multicolores. Se detuvo a contemplar el espectáculo con los ojos grandes y fijos. Su locura principiaba a pasar y bajaba al suelo juntamente con la sangre de las lastimaduras. Una inmensa lasitud se iba apoderando de sus miembros. Sin darse cuenta comenzó a caminar alrededor del tablado que circundaban las parvas para protegerlas. En cierto momento extendía las manos tratando vanamente de salvar algunas espigas. De pronto se detuvo sorprendido. ¿No era un hombre el que yacía allí, boca abajo, entre el negro montón de la parva quemada, completamente abrasado medio cuerpo y apretado entre sus dedos crispados una caja de fósforos? Con una mano convulsa dio vuelta la cabeza del muerto. ¡Simón!

Un fuego más grande que el que brotaba del seno de la parva estalló en su cerebro y cayó pesadamente al suelo, sobre la tierra que se conservaba caliente por el violento día de verano y la proximidad del incendio.

Los judíos de «Las Acacias»

Bajo el sol de la tarde corre el viento
asedando la arena del sendero;
Un viento sin canción y sin lamento,
sólo el vago rumor de un río etéreo.
Un árbol se levanta en el camino,
hondo verdor de ciega eternidad;
consuelo son sus frutos y su trino
de la carne y el ánima mortal.
A sentarse a su amparo va el anciano
todo lágrima helada, piel vacía y temblor
¡Cuán largo es el camino, cuán estrecho y cuán
pluno
y cómo reverbera bajo el fuego del sol!
¡Ah, el camino termina aunque infinito
diríase mirándolo! ¡Y esa gran soledad!
No se escucha en la tarde ni un cántico, ni un grito,
sólo del río etéreo el sonoro ondular.
De pronto ve el anciano en el camino
la cáscara de un huevo lentamente rodar,
el viento la ha traído como lleva el Destino
y ante ella siente el hombre una angustia brutal.
Ha quedado del huevo la frágil envoltura,
delgada y quebradiza, de triste liviandad,
mirándola en el viejo se ahonda la pavura
que le muerde la entraña con dolor animal.
Sobre la ardiente senda brilla la fría albura
de la vacía cáscara con un fulgor de sal;
un gran pájaro negro desciende de la altura
con el pico extendido rectamente al manjar.
Vuelve a rodar la cáscara por el ave seguida,

corre, corre el camino bajo el caliente sol,
el árbol sigue dando su noble paz de vida,
y en el hombre se acalla, cansado el corazón.

La lenta disgregación de la colonia judía trajo el derrumbe del pueblito «Las Acacias». Pero no desapareció completamente, sino que cayó en un singular estado de decrepitud, manteniéndose así desde hace ya varios lustros[90]. Falto del vigor prestado por la Colonia, fenecieron sus potencias comerciales, se enfrió su actividad y su exterior adquirió, andando el tiempo, un desolado aspecto con las pequeñas casas de barro llenas de profundas grietas, visibles a pesar del encalado y el silencio envuelto en polvo vagando perennemente cuál un fantasma por su única, larga y recta calle. Diríase una pobre gallina, vieja y ciega, que perdida en los campos se aprieta temerosa a la tierra, existiendo por un milagro, mientras pasa las horas muertas hurgando sus propias alas.

Antes había tenido el pueblito una vida particular. Formado tan solo por artesanos o pequeños comerciantes, a fin de atender las necesidades de los campesinos, su calle, su única calle con sus dos filas de casitas uniformes, bullía el día entero de sulkis, caballos, peatones, en tanto la atmósfera vibraba por las voces y el ruido del trabajo. Quien venía a comprar provisiones, quien a arreglar los aperos, quien a componer su calzado, quien a utilizar los servicios del matarife[91] y quien a beber un refresco, sencillamente, o a conversar. Además sus habitantes eran jóvenes. Tenían

---

90   *Lustro*: Período de cinco años.

91   *Matarife*: Oficial que mata reses u otros animales. En este caso se trataría de un matarife judío o *shóyjet*, hombre especialmente entrenado en la matanza de los animales de acuerdo con el *kashrut*, el cuerpo de leyes dietéticas judías.

esposas e hijos por cuya razón sucedíanse los acontecimientos amables, gratos, poniendo los numerosos niños una tierna nota en el ambiente. Los sábados y días de fiesta podía decirse que la Colonia se volcaba en «Las Acacias». Allí se decían los oficios religiosos, se improvisaban bailes y se hacían reuniones de beneficencia. «Las Acacias» constituía un reflejo de lo que eran las relaciones sociales: vida de familia, religión y trabajo.

Pero los campos rematados o vendidos, fueron pasando a manos de estancieros; se construyeron estaciones de ferrocarriles en otros puntos; las grandes casas comerciales, instalándose en ellos, monopolizaron a los labradores y casi todos los habitantes del pequeño pueblo viéronse obligados a emigrar con ínfimos medios de vida. Quedaron únicamente tres o cuatro matrimonios entrados en años, poseedores de algún dinero ahorrado con el cual era fácil seguir viviendo sin trabajar, el dueño del almacén, el matarife y el yerno de éste con su puesto de frutas. Las otras casitas se fueron ocupando poco a poco por algunos colonos que una vez colocados sus hijos vendieron o alquilaron sus propiedades deseosos de pasar en compañía el resto de su existencia y también por unos cuantos ancianos mantenidos por los hijos y que en «Las Acacias» hallaron los que buscaban; subsistir sin mayores gastos y hallarse en un medio judío.

Desde hace quince, veinte años «Las Acacias» es un centro habitado por viejos. En muriendo unos, son, inmediatamente, substituídos por otros. Parece destinado a permanecer sin tiempo, como el cementerio de la Colonia, situado casi en las puertas del pueblito. Y olvidado como el cementerio yace «Las Acacias». Personas hay en los campos vecinos que no la han visitado desde una década atrás. Alguna que hasta preguntan asombradas: pero ¿Cómo? ¿Todavía existe esto? Y otras, que al venir desde muy lejos, de ciudades lejanas, para cumplir un deber piadoso en «La casa eterna[92]», el cementerio, ni siquiera arrojan por piedad una simple mirada a la aldehuela[93], resto del pasado absurdamente suspendido de la Eternidad.

En derredor la gruesa tierra, siempre grávida, permanece sumergida en el goce obscuro de crear, expeliendo en silencio su fruto. El labrador, curvado sobre ella y subyugado por visión tan hondamente material, permanece mudo también. Nada puede oír fuera del latido de la tierra y el de su propio corazón, pues se encuentra rodeado por la vasta soledad de los campos. De ese modo es más sensible al hambre de los animales, a la sed de las plantas, al regocijo de la Naturaleza cuando desciende la lluvia y a la conciencia jubilosa de las pariciones de las bestias, que al hambre y sed de los humanos, que al íntimo regocijo de los sentimientos y que a la conciencia de la concepción intelectual. Callado, en perfecta comunión con la tierra asimismo callada, alienta y pasa. Todo es sosiego alrededor del pueblo. Menos aún le es dado recibir de fuera alguna vibración pues carece de ferrocarril, portador de viajeros, de «linyeras»[94], de inquietudes brotadas del frotamiento de los hombres hacinados en las grandes ciudades, in-

---

92   Traducción de uno de los términos hebreos para designar el cementerio judío *Beit Olam*, que significa «casa de la eternidad».

93   *Aldehuela*: Aldea pequeña.

94   *Linyera*: (Lunfardo argentino de origen italiano) jornalero inmigrante, originario de Italia, que venía hacia fines del siglo XIX y principios del XX a trabajar en las cosechas del campo argentino. Vale notar que uno de los libros del abuelo de Mactas, Mordejai Alperson, renombrado como el decano de la literatura ídish en la Argentina, se tituló *Der Lindzshero* (1937), traducido al español por Ethel Gater como *El linyera* (2012).

quietudes que se traducen en deseos de amor, de felicidad, de sacrificio.

Ni de lejos, ni alrededor, ni de sí mismo, ahogado por el ocio tremendo de la vejez, logra el pueblo que algo venga a trizar su inmovilidad cristalizada. Un silencio denso, penetrante, reina en «Las Acacias». Un silencio que hiela las entrañas de los dos jóvenes que la pueblan y hace retorcerse las manos a los ancianos durante los angustiosos momentos en los cuales escuchan sobrecogidos, ese silencio...

En la primer casita situada a la entrada del pequeño monte cuyos añosos árboles rematan por un lado la fila de viviendas, habita Rabí Fatel[95], el vecino más querido de «Las Acacias», viudo tres veces y divorciado una. En su juventud ejerció distintos oficios: maestro de escuela, carnicero, almacenero, arrendatario de tierras. Después quiso la suerte que saliera premiado un billete de lotería comprado por casualidad y ese dinero constituye un modesto pasar para su vejez. Vive completamente solo en dos cuartos y una cocinita limpios y agradables. Su pasatiempo más grande lo constituye su fonógrafo; el regalo más preciado un disco. Por esta razón su único hijo, residente en la Capital, cuando desea congraciarse con el padre después de algún tiempo de olvido absoluto, le envía una grabación, sabiendo que no puede elegir para el caso embajador más diplomático.

En las tardes de Verano, en la hora en que el sol comienza a declinar, el viento amengua y el eterno polvo de la calle hácese tan fino, tan sutil, tan etéreo, tanto que diríase una luz ambarina; en la hora en que los vecinos sacan afuera sus viejas mecedoras y se sientan en las puertas de

---

95 *Rabí*: Rabino.

sus viviendas, respirando el frescor y la paz de los campos, Rabí Fatel, primorosamente acicalado, coloca en su huertecilla la mesa con el fonógrafo, saca los discos de sus bolsas de género especialmente confeccionadas por él mismo, hace funcionar el aparato y enseguida trozos musicales muy familiares a los habitantes de «Las Acacias», rompen el silencio y como palomas criadas en el seno de la población, se posan en los hombros de los viejos, acarician con sus alas los rostros marchitos y se elevan por los aires con blando vuelo. Los vecinos sonríen y suspiran; esa música es para ellos igual que la vista del sol por las mañanas: una sensación de vida. Esa música que alegra sus atardeceres les hace saber que todavía se encuentran sobre la tierra. Y sus miradas toman la dirección del cementerio judío, del severo cementerio judío, liso y negro, sin monumentos verticales, sin signos y sin flores, llano como la Eternidad, del cementerio cuyo aspecto dice que más allí no hay nada, nada, bendiciendo complacidos la música de Rabí Fatel.

—Rabí Fatel, por favor; un disco de música sagrada.

Rabí Fatel, halagado y satisfecho, busca la grabación solicitada, le pasa una franela y la coloca con sumo cuidado.

Una voz amplia, plena, sentida, despliégase en largas ondas por la suave atmósfera del Estío[96]. La voz, sólo la voz humana sin ningún acompañamiento instrumental para que la plegaria dé más cabalmente la impresión de canto litúrgico judío. La voz se filtra en los corazones produciendo una ligera sensación de angustia. Poco a poco va abandonando los límites de la melodía y se hace grito, rompiendo así con toda traba, para poder explayarse. ¡Oh, dueño del mundo, dános pan y salud! ¡Oh dueño del mundo, paz y tranquilidad en nuestro cautiverio! ¡Oh

---

96   *Estío*: Verano.

dueño del mundo, fortaleza para el sacrificio! Y con idéntica fuerza de expresión; dános riquezas y dános honores. El rito ya ha pasado por la faz de ruego, de la exigencia, de la imprecación y se va perdiendo débilmente en lo alto como si se le hubiera abierto las puertas del cielo.

El rostro del Rabí Fatel tiembla como una hoja agitada por el viento, mientras llora silenciosamente. Siempre la misma emoción, completa cual si fuera nueva, le conmueve al escuchar su oración predilecta. Rabí Moshé acompaña con una melopeya[97] las palabras; la Señora Sivel, meciéndose ligeramente, contempla el campo con sus ojos pensativos. Un tramo de tierra arada descubre su carne tierna, rugosa y negra; más allá un sembrado de alfalfa regala la vista con la entrañable frescura de su color verde. En la mente de la señora Sivel comienza a dibujarse la estampa de Jacob orando en plena Naturaleza hasta que perfectamente perfilada e iluminada por su fantasía, se va proyectando a lo lejos, cerca del horizonte. Sí; he aquí a Jacob[98] hablando a Dios en la tierra cada vez más ensombrecida.

Los últimos lamentos se apagan con los postreros rayos solares. Aquí, allá, acullá se dejan oír sus piros, ayes, quejas. Los viejos se suenan la nariz; las viejas hacen crujir las articulaciones de los dedos.

—¡Qué se vaya al diablo esa música tan triste! —exclama el ex peluquero, David Golstein. Resulta mucho más agradable algún trozo de música alegre. Rabí Fatel, hágase ver con algo bueno.

Rabí Fatel se sacude de su arrobamiento con la misma

---

97   *Melopeya*: Entonación rítmica con que puede recitarse algo en verso o en prosa.

98   *Jacob*: Personaje de la biblia hebrea, nieto de Abraham, hijo de Isaac. Jacob tuvo doce hijos que llegaron a encabezar las doce tribus de Israel. Jacob luchó durante una noche entera con Dios, después de lo cual su nombre se cambió a Israel.

alegre despreocupación, con la que se sacudía en Rusia la nieve de su paletó[99]. Elige, sonriendo, la canción más picaresca, gozando con anticipación de su efecto.

Como una espiral de humo, una voz femenina, fácil, liviana y desenvuelta se levanta por el aire. Las frases de doble sentido, muéstranse como claras y simples figuras reflejándose en sombras chinescas. El rostro de Rabí Fatel se surca de mil arrugas de satisfacción. Sus manos marcan jubilosamente el compás y su propia voz se cobija, tímida, en la estridencia de la melodía.

—¡Es bueno esto! ... ¡Es formidable!

La señora Sivel ha quedado abismada en la contemplación del campo. Jacob ha sido absorbido por el último rayo del sol y al conjuro de la nueva música infinidad de duendecillos comienzan a surgir de la tierra, contorsionando sus grotescos cuerpecillos y mostrando a las estrellas inmortales su triste y miserable desnudez.

La noche se va extendiendo por completo. El cementerio se ha perdido en las tinieblas. Más en «Las Acacias» se van encendiendo las lámparas, se va derramando un olor a cocido y se oye el ruido de puertas que se abren y cierran.

Al lado de la casita de Rabí Fatel, aunque separada de un terreno baldío existente en «Las Acacias» entre una y otra vivienda, se levanta otra compuesta de dos alas, antigua propiedad del talabartero, ocupada ahora por Samuel, el pelirrojo, yerno del matarife, con su mujer y su hija; y por Aarón Golstein y su esposa, una viejecita blanca, limpia y arrugada como el pañuelo que siempre cubre su cabeza.

Don Aarón ejerció antes el oficio de barbero y es el

---

99   *Paletó*: (Francés) Paletot, una especie de levita.

más pudiente de sus actuales moradores. Tanto él, como su esposa, gustan de ostentar su dinero en forma harto original: pregonando lo que gastan en médicos. A la menor indisposición ya están en viaje a Buenos Aires para consultar a los especialistas y a su retorno son los comentarios de las grandes clínicas donde cada mirada del facultativo cuesta un ojo de la cara y un simple roce de su mano duros años de trabajo.

En cuanto a Samuel, el pelirrojo, no bien apunta el día, ata su carrito, coloca en él tres cajones conteniendo la fruta más inferior comprada en la ciudad cercana y sale a recorrer las chacras. A pesar del traqueteo del carruaje el conductor no tarde en adormecerse, despertando al llegar a cada tranquera que es cuando el animal se detiene invariablemente, por propia voluntad, para que su amo descienda a ofrecer su mercadería. Y ya es tan arraigada su costumbre de hacer alto en toda entrada del camino que cierta vez que Samuel se hallaba enfermo y el dependiente del almacén le pidió el carrito y el caballo para visitar a un campesino amigo, no le fue posible volver el mismo día, pues solo el viaje de ida duró cuatro horas, debido a que no había forma de pasar de largo ante la entrada de una casa.

En los días de mucho calor el pobre caballo cuya consistencia física es bien poca, se cansa fácilmente, llegando un momento en que le es imposible seguir tirando.

—Animo, Conde. Dentro de poco tendrás pensión y albergue. ¡Vamos... Vamos! –le habla Samuel cariñosamente haciendo chasquear las riendas.

Pero el animal no se mueve. Cubierta de espumoso sudor su vieja pelambre contempla con ojos melancólicos la ardiente arena de la carretera.

Exasperado el amo al verse solo y abandonado con sus medios de vida en el camino, coge el látigo y comienza a azotar al caballo sin piedad.

Vanos esfuerzos. El «Conde» inclina aún más la cabeza sin hacer el menor movimiento. Entonces Samuel baja del carrito, toma el cabestro en la mano y obliga a marchar al caballo.

Quien haya visto a Samuel caminando delante de su caballo y su carrito piensa que ese hombrecito esmirriado, desnutrido, sin barba y sin guedejas[100] vestido con un saco remendado de brin, es la actual estampa de judío errante[101], que para sostenerse precisa hacer brutales esfuerzos físicos por los pesados y desiertos caminos.

La mujer de Samuel permanece todo el día sentada en la puerta de la habitación delantera, destinada a comedor y depósito de fruta. Como se encuentra enferma, su indolencia natural ha encontrado en la enfermedad su punto de apoyo, permitiéndole estar largas horas inmóvil, callada, fijos en el vacío sus ojos descoloridos. De ese modo, atrofiadas las sensaciones, contrajo matrimonio, concibió un vástago, vivió en la miseria y envejece. Clara, su hija, es la que atiende el hogar y las ventas. Es la única moza del pueblo. Alta, delgada, de cabellos rojos, siempre se la ve en actividad, fregando, lavando, barriendo y sólo se sienta para coser. El marco poco aseado dentro del cual transcu-

---

100 *Guedejas*: También *peyes* o *peies*, *peiot* (del hebreo), son rizos de cabello largos y por lo general pendientes en espiral a los costados de la cabeza. Los judíos religiosos los dejan crecer en cumplimiento con el precepto bíblico dado en el libro de Levítico sobre no cortar el pelo a los costados de la cabeza. En el cuento, el hecho de que Samuel no tiene ni barba ni guedejas señala que no es un judío religioso.

101 El mito de Ahasueros o Ahasverus, el judío errante, se remonta a la Edad Media. Según la leyenda, Ahasverus no creyó en Jesús y se burló de él. Jesús lo maldijo a no morir nunca y tener que errar por la tierra hasta el día en que éste volviera, solo descansando lo suficiente para comer.

rrieron sus primeros años, hízola amar la limpieza y desde los diez años que el cuidado de la casa descansa sobre sus hombros. A medida que pasaba el tiempo, que se hacía mujer, todos sus anhelos, sus goces, sus sueños, se iban volcando en el trabajo del hogar. Como en el pueblo no hay otro joven que el dependiente del almacén y como su padre es muy pobre para traerle de otra parte un marido, pasa su juventud sin sentirla y sin que aparezca quien la haga cumplir su destino de hija de Israel. Las vecinas y vecinos se hacen lenguas de su diligencia, fomentando con alabanzas sus habilidades. Pero ¿de dónde, ay, sacarle el premio?

Y ella pasa sus días fregando y limpiando, cosiendo y barriendo, cada vez más energéticamente, cada vez más exigente consigo misma, entregada por completo a sus faenas, cuyo ruido tiene por lo menos la virtud de apagar la sorda marcha del tiempo. Empero, a veces, en mitad de algún trabajo, se detiene de súbito, pálida, temblorosa, frías las manos, pues siente en lo más hondo que por más que se afana, no hace nada; entonces, abandonando su ocupación, corre a su cuarto y arrojándose sobre el lecho llora amargamente, llora con abundantes lágrimas que amustian la impecable tiesura de las fundas almidonadas.

Enfrente, en la casita más linda, ya que la pintura de sus puertas y ventanas se renueva todas las primaveras y la circunda un primoroso jardincillo, viven los Sivel, ex colonos. Ella es una mujer pálida, morena, de cabello semicano[102], de grandes ojos negros y pensativos. Llegó a la Colonia con los primeros fundadores, siendo a la sazón una recién casada cuya educación recibida en el hogar paterno había sido la de toda hija de judío asimilado, o de

---

102 *Semicano*: Entrecano, que tiene el cabello a medio encanecer.

un burgués corriente. Aprendió ruso, francés, literatura europea, delicadas labores de mano. El cambio brusco que implicaba su nueva vida, trabajo y miserias, las faenas de la tierra, rudas aplastadoras, absorbentes, en medio de hombres y mujeres de exterior áspero y en contraste con su existencia anterior tan agradable, tan suave, tan liviana, hiciéronla creer que se había equivocado de senda traicionando así su Destino. El horrible miedo de estar perdiendo el tiempo la tornó ávida y la obligó a desnudar sus deseos, por cuyo motivo las demás mujeres murmuraron. Al crecer los hijos comenzaron a sentir una especie de hostilidad a su alrededor. Entonces la madre se arrancó de la larga fiesta de sí misma comprendiendo cuán ciegas fueron sus alegrías y cuánto pesan y abruman los íntimos placeres.

Despierta por la cruda luz de la realidad comenzó la lucha cuyo objeto era colocar bien a sus hijas. Triunfó a fuerza de inteligentes maquinaciones, de transigir, de humillarse y hasta de trabajo físico, pues cosió y bordó para afuera robándole horas al sueño, a fin de reunir las dotes para las jóvenes. Sivel, que había intuido y comprendido sus luchas consigo misma, admiró sus luchas con el mundo. Hoy, casadas las hijas y atravesando el río penoso del mediodía en el que cada cual bracea ciego y sordo, descansan juntos tratando de no mencionar el pasado. Cultivan la amistad de los vecinos, leen mucho y hacen partícipes a los demás de lo que aprenden. Sivel adquirió de su mujer la plácida costumbre de la lectura. Y en ello, en responder las cartas de las hijas y en recolectar dinero para las obras de beneficencia de la Capital, transcurren, ni lentos ni prestos, sus días.

Los Sivel son muy amigos de los viejos Rabinoy, quienes viven en la siguiente casita. Moisés y Sara Rabinoy perdieron su campo por las malas cosechas, las enfermedades, los pleitos y simplemente, según ellos, porque así lo quiso Dios. A los cincuenta y cinco años se encontraron más pobres que en el año, ya bien lejano, de su venida a las tierras argentinas. La suerte fue que los hijos, alejados del hogar desde la adolescencia para estudiar y adquirir una profesión, lograron sus propósitos pudiendo pasarles una discreta pensión cuando les remataron el campo. Como no quisieron alejarse mucho del lugar donde habían transcurrido sus mejores años, se instalaron en «Las Acacias».

El matrimonio Rabinoy es el más considerado de la pequeña población a causa de que sus hijos y sus nietos aparecen a menudo en los diarios, ocupando un lugar preponderante en la colectividad israelita de Buenos Aires. Sara es quien más goza con el respeto y la admiración de sus vecinos. Todo puede conseguirse de ella ensalzando a sus hijos; en cambio se convierte en implacable enemiga del infortunado que en algún momento ha tenido el poco tacto de expresarse, no muy elogiosamente, acerca de sus distinguidos descendientes. Habiendo transcurrido su mocedad en el hogar de un padre pudiente y de una madre en extremo abnegada cuya constante preocupación era la de evitar a sus vástagos el roce con la existencia cotidiana, su casamiento no implicó para ella, espiritualmente, un cambio muy radical. Si antes había vivido comprimida por la cómoda vida hogareña, después lo fue por el temor, en compañía de un hombre egoísta y dominante. Empero toda su fuerza y temperamento estallaron con la maternidad. Su honda conciencia de madre la hizo sentir que sus hijos debían ser felices, pues para ello vinieron al mundo y que era ley que todos los dolores recayeran en ella.

Así obligó a Rabí Mosché a abandonar su país natal en los tiempos álgidos de los «pogroms» rompiendo valerosamente los lazos con su casa paterna y lanzándose a una tierra lejana en compañía de un hombre íntimamente extraño y de niños pequeñitos, de corazones todavía cerrados. Más tarde, aunque con un dolor intenso, hizo que los muchachos abandonaran el hogar para estudiar en grandes ciudades, pese a que sabía y Moisés no dejaba de repetírselo, que olvidarían las fórmulas de su judaísmo, en un medio pagano[103]. Para redimirles de toda transgresión lloró y sigue llorando como diez mujeres juntas. Por esto su rostro ostenta dos profundas grietas desde los lagrimales hasta las comisuras de los labios. Pero ahora tiene su premio. Verdad es que sus lágrimas, siguen deslizándose silenciosamente, más en el fondo de su alma reina una paz dulcísima: sus hijos saben del gozo del mundo; sus hijos no ven pasar los días con amargura.

Rara es la vez que Rabí Mosché se encuentra en casa. Todos los días ata su viejo sulky y parte rumbo a su antigua chacra, distante dos leguas de «Las Acacias», permaneciendo allí varias horas. Rabí Mosché siente una dolorosa nostalgia de su propiedad. Le cuesta pensar que la tierra que fue suya, que penetró virgen, que plasmó a su voluntad, da a otros sus frutos. ¡Tanta cosa viva, material, surgió de ella con ayuda de sus manos! ¡Y otros la poseen ahora! ¡Otros dicen a boca llena: es mía; sólo mía! ¡Ay, cuánta injusticia!

Los nuevos dueños le ven llegar con gusto pues lejos de molestar es sumamente servicial. Ya injerta un árbol, o

---

103 Uno de los temas principales en la literatura sobre la colonización judía en la Argentina es el del conflicto generacional e ideológico entre los padres inmigrantes que luchan por mantener sus tradiciones, lengua y religión y los hijos atraídos por la asimilación a la cultura dominante.

arregla el gallinero, o limpia de yuyos[104] la quinta, o examina a una vaca preñada. Sólo así, en contacto con la carne de su tierra puede olvidar su pesadumbre.

Pero pongamos nuestra atención en el viejo Menashé que por ser el más anciano de la población es el tipo más representativo. Vive como Rabí Fatel, completamente solo, siendo desde hace veinte años, vecino de «Las Acacias». Es pequeño, encorvado, de ojos enrojecidos y lacrimosos, de larga y fina barba blanca. El desaseo en que pasa sus áridos días es indescriptible. Si no fuese por alguna vecina compadecida de su abandono se pudriría en su habitación entre piojos y suciedad. Las comidas se las prepara y se las lleva hasta su casa la mujer del matarife, pagada para ello por el hijo de Rabí Menashé, chacarero de los alrededores.

Sobre Rabí Menashé las desgracias se sucedieron, silenciosas y naturalmente como los años. No bien llegado a la Argentina e instalado en la Colonia, después de haber pasado en Polonia por dos terribles «pogroms» donde su padre perdió la vida, falleció su mujer, la tierna Rebeca, dejándole cuatro hijos pequeñitos. Al año contrajo nuevamente matrimonio, pero la segunda esposa resultó amarga como el cautiverio. Le dió dos vástagos y al cabo hubieron de divorciarse. Más adelante uno de sus hijos fue muerto en un duelo gauchesco[105]. Los demás se fueron yendo: las hijas a sus nuevos hogares, los hijos a buscarse lejos el pan, quedándose únicamente con el menor. Pero cuando éste se casó el viejo no quiso convivir con la nueva pareja. Se instaló en «Las Acacias» subsistiendo con la pequeña mensualidad que le pasa el hijo.

---

104   *Yuyo*: Mala hierba.

105   *Gauchesco*: Relativo al gaucho, el tradicional hombre de campo que habitaba la pampa argentina. Era jinete trashumante y diestro en los trabajos ganaderos. Tenía fama por su destreza en los duelos a cuchillo.

Arregló su casita y hasta construyó un gallinero, pensando terminar su jornada en el descanso y la soledad. Empero, aunque se mostró humilde ante la vida, el infortunio le fue igualmente siguiendo los pasos. Cierta noche recibió la noticia de la muerte de su más querida hija. El segundo hijo de su segundo matrimonio se suicidó. Una nieta se casó con un cristiano. Entonces el anciano, abrumado y asombrado ante la fuerza del Destino, cerró sus puertas al mundo, considerándolo algo impuro y pequeño. Costras de suciedad fuéronse adhiriendo a su cuerpo; asquerosos parásitos comenzaron a pulular por su persona y su cuarto; largos ayunos debilitaron su organismo. Tanto le daba pasar el tiempo de un modo como de otro, pues el Destino y no la propia voluntad es la que rige las existencias humanas. Su ocupación constante empezó a ser la de hojear infatigablemente la parte del Talmud, aquella que se refiere a los sueños[106]; consultar diariamente el «Libro de Jacobo Indin» y un breve manual titulado «El descifrador de los sueños», volviéndose poco a poco insensible para cualquier manifestación exterior. Últimamente le llegó la noticia de que uno de sus nietos, estudiante universitario, se hallaba preso desde hacía varios meses por pertenecer a organizaciones políticas prohibidas. El viejo no dijo nada, ni su rostro expresó emoción alguna. Únicamente hizo memoria para comprobar si no había soñado algo al respecto. En efecto: comprobó que ya se lo habían anunciado en sueños, aunque él no tomó en cuenta entonces. Sí; en el mundo de los sueños se refleja la verdad futura. Pero el hombre nada

---

106   El Talmud se divide en seis órdenes o *sedarim*. La parte del Talmud que se refiere a la interpretación de los sueños es el noveno capítulo del *Berakoth* (Benedicciones), el cual es uno de los once tractados del *Seder Zera'im* (La Orden de las Semillas). Comprender el significado de los sueños es un aspecto importante en el Judaísmo que se remonta a los sueños de Jacob en Génesis, entre otras instancias bíblicas.

puede hacer para contrarrestar los acontecimientos funestos. El hombre es débil. «Sus cimientos son el polvo»[107]. En cambio aprende a mostrarse digno frente a la vida; a no obscurecerse y extraviarse de dicha o dolor. Como los relámpagos preceden a la tempestad así los sueños a los acontecimientos. ¿Acaso no había soñado cierta vez que se le caían dos dientes y al ir a consultar sus libros se encontró con que se le iban a morir dos hijas?

Y así sucedió, realmente. Murió su pobre Jasia y su nieta Fanny contrajo enlace con un extraño, un «goi»[108].

Todo lo que acontece en el pueblo es previamente soñado por Rabí Menashé.

Los vecinos, aunque se burlan de él, no dejan de consultarle cuando se despiertan inquietos por pesadillas. Y el mayor placer de Rabí Menashé es dormir para soñar, convirtiéndose así en un aliado del Destino. Castigado por la vida se aleja de ella buscando en la obscura materialidad del sueño el alimento para existir ya que el sueño es la segunda naturaleza de los desgraciados.

Cierta vez Rabí Menashé despertó a media noche turbado en extremo. Había soñado que los campos se levantaban como los mares y saliendo de madre[109], arrastraban, tumultuosos y ciegos, al pueblito y al cementerio. Una nerviosa alegría le hizo estremecer en su lecho duro y sucio. ¡Sí! ¡Que se hundieran todos! ¡Que sufrieran y murieran como su primera mujer, sus hijos, su nieto, agotándose en un calabozo! Largo rato permaneció cavilando. Sus cejas daban la impresión de grandes arañas emblan-

---

107   La cita hace referencia a la historia de Job en la biblia hebrea.

108   *Goi*; (Hebreo) *Goy*, gentil, persona no judía. El significado literal de *goy* es «nación» o «pueblo» y así se refiere a una persona perteneciente a otra nación que la nación judía.

109   *Salir(se) de madre*: Expresión idiomática que quiere decir excederse extraordinariamente de lo acostumbrado o regular.

quecidas por el polvo de una habitación abandonada, tejiendo sin detenerse. Luego se levantó sin tener el trabajo de vestirse, pues dormía en su antiquísimo caftán[110] y encendió una vela. Hasta que los primeros rayos de sol penetraron por la rendija de la puerta, estuvo consultando febrilmente sus libros, sin poder descifrar el significado. Después salió a la calle. Los campos primaverales, a la espera de la cosecha, permanecían dormidos en sus frutos, acunados dulcemente por el buen sol de todos los días. La tierra yacía boca arriba, hinchada de vida.

Durante muchas horas Rabí Menashé siguió hojeando sus libros. Pero ninguna luz salía de ellos. ¿Tal vez los vecinos le ayudarían a deducir algo? ¡Cómo se asustarían sus míseras almas y cómo temblarían, ellos, pegados como gusanos a la carne!

Por la tarde, cuando todos sacaron afuera sus mecedoras y Rabí Fatel hizo funcionar el fonógrafo, Rabí Menashé salió de su cueva, y viejo, blanco y sucio como el ángel de la muerte fuése deteniendo en cada puerta.

El señor Golstein rió fuertemente.

—¡Tonterías! ¡Cosas absurdas! ¡Cosas de loco!

Rabí Moshé exclamó, intensamente pálido:

—¿Tal vez el Mesías?[111]

El dependiente del almacén que los seis días de la semana los pasa torturado por el ansia del Sábado que es cuando se va al pueblo próximo donde hay muchachas, música, fiestas murmuró torvamente:

—¡Ojalá! Así terminaría esa miseria.

---

110 *Caftán*: Vestimenta típica de Rusia, tipo de abrigo amplio y largo, con cuello alto y mangas anchas.

111 *Mesías*: (Hebreo) El prometido o el ungido. En el judaísmo, salvador y rey descendiente de David, prometido por los profetas al pueblo hebreo.

Los ojos de Clara brillaron como dos trozos metálicos frotados vigorosamente. Una llamada de jubilosa inquietud calentó su corazón. ¡Ay! ¡Algo pasaría! ¡Algo vendría! ¡Por fin! Quizás las olas fecundarían el estéril suelo de «Las Acacias» haciendo brotar un manantial de vida o la conducirían lejos, lejos...

La señora Sivel, consultada la última, fijó en Rabí Menashé sus grandes ojos pensativos. Hizo una pausa y luego respondió sonriendo tristemente:

—Los mares se levantan, Rabí Menashé, porque se hallan animados por un poder interno. La misma Naturaleza les empuja. Pero la tierra es pasiva. Su fuerza está en el Hombre. Sólo el Hombre podría hacerla levantar y destruir los alrededores, terminando con nosotros, los viejos inútiles. Pero no un solo hombre. Muchos hombres unidos por un mismo deseo. Y bien ve usted que aquí cada cual vive solitario, impasible, alejados unos de otros. Vaya tranquilo Rabí Menashé. Nada pasará.

Rabí Menashé se detuvo en todas las casas y volvió a la suya más encorvado, más mísero, más lívido. Las mecedoras quedaron inmóviles. Sus ocupantes cogidos por una indefinible tristeza, por una súbita conciencia de su vejez, sus dolores, sus enfermedades, presos de un común terror a la muerte. Miraban al cementerio hundiéndose en las sombras de la noche y pensaban en el fondo de sus almas:

—Después de todo, ¿Qué nos importa? ¿Qué perderíamos? En cambio, en los embates de las olas, sentiríamos que aún vivimos. Por otra parte sólo después de algún cataclismo vendrá el Mesías.

Más las palabras de la Señora Sivel que habían corrido por el pueblo como gotas de agua fría sobre una frente excitada, sonaban en todos los oídos graves, fuertes, límpidas.

¿Acaso la tierra es como el mar que puede levantarse por sí misma? Su fuerza está en el Hombre.

A fe que era un peregrino sueño: la tierra se levantaba como los mares…

La vuelta del hijo

¡Soy libre! dijo el hombre percibiendo en su alma
el latido gozoso de la vida interior.
Soy libre porque todo se halla en mi propia entraña,
un astro soy que vive de su mismo calor.
Y soledad inmensa la conciencia le trajo
de su humana, su alta, su ciega libertad,
para vivir el hombre, vióse, pues, obligado
a exprimirse a sí mismo sin ninguna piedad.
Los sueños y fervores prendidos en su seno
al apagarse fueron pedazos de carbón;
el río de sus ansias, las olas de deseo
fueron cristalizándose, metalización
y un cúmulo de arena los placeres vividos
¡Oh, cuánto peso muerto sobre el alma mortal!
Es de frágil substancia el alma de los hijos
de la tierra y el peso gravó asaz material.
Al fin se sintió el hombre cansado y aterido,
ansiando libertarse de aquella libertad,
encontrar un apoyo, librarse de sí mismo,
sentir la carne hermana, la única verdad.

«Quizá fue ese mismo tren el que me transportó de mi casa a la ciudad hace veinte años. Bien pudiera ser. La vida es una serie de misteriosas casualidades y el ser humano un juguete de las cosas». Pensó mientras se tendía vestido en el lecho, ausente la mirada y atormentado el gesto, después de cerrar la ventanilla del camarote. La joven que lo había acompañado a la estación seguía agitando su pañuelo.

Había lanzado un pequeño grito de angustia cuando, no bien el convoy[112] hubo arrancado, vió desparecer la cabeza del viajero y cerrarse la ventanilla, pero su adiós se prolongaba maquinalmente.

¡Ah, como si fuera un sueño! Veinte años antes tomaba el tren abandonando para siempre la vida del campo. Ahora retornaba, abandonando para siempre la ciudad. Diríase que no habían transcurrido los años más calientes de su existencia. Y a la verdad. ¿Había mucha diferencia en su manera de proceder de entonces y de ahora? No; seguía siendo el mismo impulsivo. A la sazón dejaba el hogar, el pan seguro, la simple claridad del campo en busca de horizontes para sus sueños. Ahora abandonaba, sin pena y sin remordimiento, los sueños de aquella época hechos realidad en busca de un regazo donde apretar sus fatigados ojos. Durante esos fuertes veinte años no había visitado ni una sola vez el terruño. Acaso lo hubiera hecho en ocasión de la muerte de la madre, pero como estaba por dar su último examen de ingeniería y por otra parte igual llegaría ya después del entierro, lo dejó pasar. ¡Pobre mujer! No se habían vuelto a ver desde que el hijo partiera de la Colonia. Todos los años ella se preparaba para visitar a su primogénito en la ciudad, más por una causa u otra, malos tiempos, enfermedades, debía siempre postergar su viaje y así la había sorprendido la muerte. Natán la veía siempre como en el día memorable en el que él, muchacho de quince años, abandonaba para siempre la casa paterna. Ella le había alentado en su idea de estudiar; ella le había conseguido dinero para el viaje vendiendo unas gallinas y ella había escrito la carta a aquel pariente de Buenos Aires, merced a la cual el joven campesino encontró de inmediato

---

112 *Convoy*: Tren.

trabajo en la ciudad. En cuanto al padre, simple y abúlico, ni siquiera la había acompañado al tren para despedirlo. No tenía tiempo. Se recolectaba el maíz y ni él, ni sus otros dos hijos varones, podían abandonar la tarea.

La madre, con sus lágrimas y bendiciones, corriendo por el andén para recoger la última mirada del hijo que partía, fue la postrera visión de su familia, de esa fuerza potente y obscura como la tierra, que es la familia. ¡Pobre, pobre mujer! Ella seguía corriendo a la par del tren y el hijo ya se había retirado de la ventanilla —sucedía lo mismo ahora con la joven que lo había acompañado a la estación— para mirar curiosamente al vagón del ferrocarril al cual subía por primera vez. ¡Ah, qué vivo el jadear a cada instante más acelerado de la locomotora! ¡Cómo hablaba a su alma la voz de la máquina, la cual lo transportaba lejos, a la ciudad donde había luces, muchas luces! Súbitamente junto con el florecimiento del ser, se habían despertado en él un conjunto de deseos, de sueños, de fervores, algo que le producía un grave y dulce agobio. Sintió el alma como algo corporal. ¿Sucedió el milagro por la lectura de alguna página, de esas que remueven lo más íntimo, haciendo brotar lo que debe brotar? ¿O por el inquieto rebullir de la sangre? ¿O por el misterio desgarrador de la Primavera pasada? Una noche, poco tiempo antes de tomar la audaz determinación de abandonar la vida de campesino, venía caminando por una carretera real. Había ido a devolver unas herramientas a la chacra vecina, a lo de Abramov, y retornaba a su casa lentamente, cansado del duro día de labor. La noche llameaba de estrellas y luciérnagas. Los altos maizales ostentaban sus frutos duros y enhiestos en una viril exaltación de fuerza. La tierra ocultaba su lomo augusto bajo el vestuario de la cosecha. Dormía en su gravidez esplendorosa, pesada y tranquila. Más en la atmósfera flotaba una luz ingrávida, dando una impresión de locura. Estrellas fugaces, luciérnagas, fuegos fatuos[113]. El corazón del adolescente comenzó a latir con fuerza. Le sobrecogió una acongojada inquietud, unas ansias febriles de volar, de elevarse, de abandonar el suelo húmedo y frío. ¿Qué le pasaba? De pronto le pareció que sus propias pupilas se hubieran dado vuelta hacia adentro, atraídas por algo que fulguraba en su interior. Sí; había luz en él. Quizá pasajera como las estrellas fugaces, o imprecisa como las luciérnagas o engañosa como los fuegos fatuos. Pero había una luz en él que despertaba su inquietud. Había una luz y era necesario defenderla.

Con la intuición peculiar de los artistas sintió instantáneamente que el alma, alada y ligera, no tardaría en ser absorbida por el denso ondear de la tierra. Era, pues, necesario defender ese don. Era necesario trasladarse a la ciudad donde se vive en lo alto, no junto al suelo. Al fin de mes partiría. Estaba decidido. No importaba de qué modo y por cuáles medios, pero se iría. Excitado, comenzó a correr por el camino. Corría ciego y radiante, corría libre y fuerte, con la sensación de que volaba, de que era otra chispa más en el flamear de la noche. Otra chispa más.

El camarero tocó con los nudillos en la puerta:

—Señor, ¿lo despierto antes de llegar a «García»?

—Si quiere molestarse. Pero he de estar despierto seguramente.

Ah, en la ciudad el alma humana se agranda por su propio ejercicio. Alumbra los recovecos más terribles del

---

113 *Fuego fatuo*: Llama pequeña que se forma a poca distancia del suelo por inflamación de ciertas materias que se elevan de las sustancias animales o vegetales en putrefacción. El fenómeno es común en los lugares pantanosos. Tiene el sentido figurativo de ser una cosa ilusoria.

hombre y se descubren las cuevas de todos los deseos. Se ama, se odia, se sacrifica uno todo a fin de calmar ese fuego interno. El hombre hizo las ciudades. El hombre es su rey y señor. Pero debe sostenerlas y sus fuerzas están en el alma. Al fin viene un cansancio tremendo, ansias de apoyarse, no de ser apoyo. Añoranzas de la tierna debilidad infantil. Necesidad de algo vigoroso y bueno como el seno de la tierra. Dormir sin soñar.

* * *

Cada vez más atrás iba quedando lo que había sido su vida: libros, planos, camaradas, amigos, la dulce Sofía... La noche anterior había reunido a todos los amigos en un saloncito de un restaurant, a fin de notificarles de su decisión. También estuvo presente Sofía, la muchacha con quien pensaba casarse.

—Parto mañana a la noche a la chacra de mi padre. Creo que me voy a quedar definitivamente allí. No llevo más que los mil pesos cobrados el lunes por el edificio de la calle Nazca. El estudio queda en manos de Soler.

—¿Y por qué ese viaje tan intempestivo? –había interrogado irónicamente Pérez Romay ante las miradas asombradas de todos los concurrentes.

—No puedo quedarme más aquí. El ambiente se me ha hecho irrespirable. Hay momentos en que me parece que no soy yo mismo quien alienta en mi cuerpo. Tal vez, cambiando radicalmente de vida, vuelva a encontrarme.

—Oh, no tardarás en volver –subrayó Smith. No aguantas ni tres meses en el campo. Yo se lo aseguro, Sofía.

Sofía, que permanecía todo el tiempo callada y triste, sonrió levemente. Bien sabía ella que para un hombre como Natán, siempre atento a sus propias exigencias, no le iba a detener nada ni nadie. Ni los vanos éxitos literarios, que en ese preciso momento aludía Epstein como argumento para hacer desistir a su amigo de su insólita idea; ni el muelle abrazo de la ciudad, ni ella, ni la costumbre de los amigos. Natán había decidido cortar de raíz con la existencia llevada hasta aquel momento y en ese modo de vivir estaba también ella comprendida. ¿Acaso no se veía claro en su manera de proceder? ¡Citarla con tanta gente para comunicarle una cosa tan importante! ¿Por qué no la había hablado antes de su decisión? ¿No hubiera sido más noble que le hubiera ido confiando sus dudas, sus amargos sinsabores, sus íntimas angustias? Entonces ella hubiera aceptado su partida como algo natural, dentro, claro está, de los misterios espirituales. ¡Pero así! ¡Sin hacer diferencia entre ese estúpido de Epstein y ella! ¡Sin considerar la ternura, el amor, la comprensión femenina! ¡Ah, ese hombre! A veces le tenía odio. Manchas cárdenas comenzaron a aparecer en su cuello y sintió que las lágrimas le escocían los ojos. No estaba bien para ella, la mujer fuerte, demostrar que sufría hasta el llanto. Por eso se levantó y se puso a contemplar la calle desde la ventana.

—Y si es verdad que tanto te llama la voz de la tierra —saltó de pronto con un risita falsa, Lerey, un solterón que durante toda su juventud se había dedicado a cultivar un cinismo no existente— ¿por qué no te vas a Biro-Bidyan[114]?

---

114   *Biro-Bidyan*: Birobidzhan es el nombre común de un distrito (*oblast*) en Rusia cerca de la frontera con la China que fue designado como lugar cuya designación oficial es Distrito Judío Autónomo. Se formó en 1928 con la intención de promover la inmigración judía al distrito bajo la promesa de establecer una colonia agrícola y dar un espacio a los judíos donde no serían perseguidos. Representantes judíos de la Argentina visitaron Birobidzhan en 1929 y ayudaron a promover la colonización del lugar como sitio de inmigración judía. Aproximadamente 1.400 judíos provenientes de los Estados Unidos, Sudamérica, Europa y otros

Allí, por lo menos, labrarías una tierra nueva. ¡Labrar una tierra nueva para una sociedad nueva! ¡Tantas veces que lo ansiamos allá, por nuestros veinte años! ¿Te acuerdas?

—Lo que a mí me llama es la entraña de la tierra, no su corazón.

—Estás neurasténico[115]. Haces bien en irte. Una temporada de campo te vendrá maravillosamente.

—Para un hombre como tú —siguió perorando Epstein— la vuelta al campo resulta un peligro. Te puedes hundir para siempre. Tú, el hombre que ha sentido la ardiente curiosidad por todas las ideas; que en los albores de tu juventud luchaste por el advenimiento de una sociedad nueva, para un mejoramiento humano; que has gustado en toda forma del amor; que sabes del éxito personal; en suma, que has vivido la Civilización[116], la vuelta a la tierra es una especie de cobardía. Si algo has conquistado en tantos años de vida, es decir, de lucha, lo vas a perder en tu deseo de abandonarte.

—No sé nada, amigos. No pienso en nada ni me detengo a considerar las consecuencias. Me siento débil. ¡Si encontrara aquí algo en que apoyarme!

Pero nada tiene sentido.

La única que no hablaba era Sofía. Parecía serena, aunque se hallaba intensamente pálida. Pero después,

---

lugares emigraron a Birobidzhan a principios de la década de 1930. En última instancia, el proyecto fue desenmascarado como un fraude peligroso de las purgas antisemitas de Stalin en la década de 1930.

115 *Neurasténico*: Que padece neurastenia, trastorno funcional afectivo atribuido a debilidad del sistema nervioso.

116 Mactas obviamente se refiere al tema más debatido en la Argentina desde el siglo XIX, el de Civilización versus Barbarie iniciado por Domingo Faustino Sarmiento (1811-1888) en su obra maestra *Civilización y barbarie: vida de Juan Facundo Quiroga* (1845). La obra traza los males del país bajo el régimen del dictador federal Juan Manuel de Rosas, principal entre ellos la barbarie del campo en contraste con la civilización de la ciudad.

cuando Natán la acompañó a su casa, rió y bromeó con él durante todo el trayecto. Sólo cuando Natán quiso llevar la conversación sobre su próximo viaje, se puso seria, interrumpiéndole con voz cortante:

—No hablemos de esa cuestión, ¿quieres? Ya sentía yo que nuestro amor era demasiada felicidad para mí. Me elevaba de la eterna humillación femenina. Nosotras, las mujeres, no estamos acostumbradas a la dicha. No, por favor. No digas que vas a volver a buscarme. Sé que si algún día añoras la ciudad, me añorarás a mí también. Pero no creas que te guardo rencor. Hemos sido muy dichosos. Mañana iré a la Estación

—Te escribiré a menudo, Sofía.

—No tiene importancia. Hasta mañana, pues.

Al día siguiente, en la Estación, lo había despedido con las siguientes palabras:

—Trata de conservar siempre tu humana libertad. Y si te es posible, refleja tu transmutación en una obra. Te lo pido yo.

¡Pobre Sofía! ¡Tenía una manera vaga de hablar! ¡Una manera preponderante! Pero era simpática e inteligente. Lo habría atraído por su cara graciosa y su adhesión a él. ¡Seguramente que sabría ser feliz! Tenía bastantes condiciones.

—El mismo se sorprendió de juzgarla tan fríamente y de pensar en ella en pasado. Mas Sofía iba quedando cada vez más lejos y él se estaba acercando a la vida salvadora.

Excitado por la aguda conciencia de su liberación, abrió nuevamente la ventanita y sacó la cabeza afuera. ¡Ah, qué agradable el frescor del viento! Pronto recolectarían el maíz y vendrían los duros días de labrar el suelo. El hombre se hundiría en el sueño obscuro y pesado del trabajo, prendido a la tierra, como una bestezuela[117] cuando mama prendida a la ubre. Contempló los campos dormidos bajo la luna. No era la presente una noche leve y bella como la otra, la de su adolescencia, la que le dio la sensación de volar. No; hacía ahora una noche grave y densa que parecía pesar sobre las cosas. La luna, enorme, dibujaba en su faz un severo anciano de luengas[118] barbas. Contemplándola, Natán recordó, por primera vez, después de mucho tiempo, a su padre. ¿Cómo no había pensado antes que pronto lo vería? ¿Cómo no había pensado en lo extraordinario del encuentro de este padre y ese hijo tan distantes? Mañana, después de abrazarlo, le diría simplemente:

—Padre: me fui porque estaba ávido de conquistas y obedecía sólo a los dictados de mi alma, ambiciosa y terca. Pero las conquistas no existen. Vuelvo a vosotros. Vosotros que rendís culto a los afectos y familiares, acogedme. Vosotros, mi padre y mi hermano. No traigo dinero. Vengo únicamente con mis dos manos ávidas de trabajar. Ahora creo tan sólo en la felicidad que mis manos puedan darme.

El padre lo miraría sin comprenderlo y sin comprenderlo le tendería los brazos, diciéndole: ¡Bienvenido!

Así, simplemente, calladamente, comenzaría su nueva vida. Adiós pasado. Adiós angustias, hartura, deseos... ¡A alegrarse, pues!

Pero en vez de sentirse traspasado de dicha, una amarga congoja le acibaró la boca. ¡Oh, Dios! ¿En la noche de su adolescencia hubiera pensado retornar en esa forma, blanqueando ya la cabeza y con una sutil pero penetrante sensación de fracaso?

---

117 *Bestezuela*: Diminutivo de bestia, en este caso animal del campo como el becerro.
118 *Luengo*: Largo.

Volvía a la casa paterna como veinte años atrás partiera de ella. Tal vez en el mismo tren. ¿Por qué no? Volvía para encontrarse con los seres a los cuales les unía lazos de sangre. En la ciudad ni eso tenía. ¿Sofía? ¿Qué le unía a Sofía? No se habían fundido nunca en un verdadero abrazo, y ella, aunque lo creía, no había penetrado en su alma. Las almas son eternamente vírgenes.

El espejo del lavabo reprodujo su cabeza varonil y armoniosa. Sombras rodeaban sus ojos y profundas arrugas surcaban su frente. Subyugado por su propia imagen, pegó la frente al cristal azogado, exclamando vibrante de angustia: ¿Quién eres? ¿Quién eres? ¿Quién eres?

* * *

El hombre que lo había conducido en sulky desde la estación, dejó que el viajero descendiera en la tranquera de la casa.

Bajaré en la puerta —había dicho Natán— porque quiero dar una sorpresa a los míos.

Se lanzó a caminar lentamente, con la pequeña valija en la mano, por la ancha y umbrosa alameda. La familia se estaba desayunando en el patio. Divisó la cabeza de su padre, completamente blanca ya, inclinada sobre su taza. El hermano, cuya torva expresión le había sorprendido ya, cuando había estado en la ciudad para hacerse ver por un médico, discutía agriamente con la mujer, la cual debía ser, seguramente, su esposa. Los niños comían, indiferentes a la escena. A Natán se le oprimió el corazón y aminoró el paso. «He aquí mi futuro mundo», se dijo.

Se dejó estrechar por los brazos todavía fuertes del padre y su mano descansó largo rato en la de su hermano.

Por un instante creyó que tal vez lo que le hacía falta tan íntimamente era eso: un poco de calor. Pero pasados los primeros transportes de afectos de la llegada, se sintió nuevamente cubierto por la obscura y pertinaz niebla de su melancolía. «Debe ser porque falta la madre», pensó tristemente.

El viejo, avergonzado por la ternura demostrada, se encerró en un pesado mutismo. Los niños callaban también tímidos y asombrados. Sólo el hermano hablaba sin interrupción, lamentándose de los malos tiempos.

—¡Somos tantas bocas para tan poca tierra! Las cosas van cada vez peor. ¡Y yo que tenía esperanzas de que mi chico mayor estudiara! ¿Pero de dónde sacar dinero para enviarlo a la ciudad?

—Si tuviéramos algún pariente en Buenos Aires que pudiera tenerlo en su casa! –intervino la mujer mirando a Natán. Por lo menos una de nuestras aspiraciones se vería cumplida. Pero la suerte no nos acompaña. Y el viejo — murmuró señalando al padre– ¡es tan tacaño!

Natán se puso de pie estremecido de piedad por sí mismo.

—Voy a dar una vuelta por el campo.

Atravesó el patio, luego un potrero y tomó por un sendero ancho, lleno de huellas frescas. Al llegar donde un monte de álamos volcaba su sombra sobre el camino, se sentó apoyando la cabeza en un poste alambrado. La mañana se derramaba como un aroma. Parecían verse vibrar las ondas en la atmósfera pura y fina. De un lado la alfalfa brotaba calladamente como un manantial. Del otro, la tierra labrada, se estremecía en largos estremecimientos voluptuosos. No se veían pacer las bestias. De pronto, por un recodo del camino, apareció una vaca. Seguramente se encaminaba al molino para beber. Natán la observó curiosamente. Era robusta y limpia, de ubres plenas y rosadas. Notando la presencia del hombre se detuvo, rumiando lentamente. Natán, sintiéndose misteriosamente atraído, se acercó y comenzó a acariciarla, sin que el animal opusiera resistencia. Un pájaro, posado en la copa de un árbol, lanzó un trino tan prolongado que parecía se hubiera adormecido en él. El canto del sol mecía ahora a la tierra. El hombre sintió también deseos de adormecerse y apretó su cabeza contra el lomo de la vaca. Largo rato permaneció en dicha actitud, sintiendo un placer extraño en hundir la cabeza en el animal sin ver nada. Poco a poco su congoja comenzó a desatarse y empezó a llorar abrazado a la vaca. Lloraba con abundantes y cálidas lágrimas. Le parecía que su fuego interior se volcaba en el llanto y que se estaba vaciando de los resabios de su inquieta y ardiente juventud. La vaca permanecía inmóvil, plástica en su actitud. Diríase la imagen vívida de la Tierra. Rumiaba y rumiaba en silencio y en sus ojos, perdidos en la lejanía, se reflejaba la obscura tristeza de la eternidad. A Natán le pareció que por fin se iba hundiendo en un sueño profundo y apacible como la mirada de aquella bendita vaca y que de las entrañas de la bestia surgiera la voz que esperaba: ¡Hijo mío! ¿Era de la vaca? ¿O de la tierra? ¿O de su madre?

—Haz vuelto, hijo mío. Haz vuelto[119]...

---

119   No se sabe por cierto si la autora lo escribe así a propósito, en vez de
      «has vuelto» que sería lo correcto.

Un hombre de campo

Se ha quedado la tarde inmóvil como un lago,
como un lago de linfa[120] *transparente y profunda*
¡Ah, qué íntimo halago
da la paz de esa tarde moribunda!

Se ahonda instante a instante el lago vespertino
en el cual toda cosa: la nube, bestia y planta,
de estar fijas parecen; únicamente el trino
de un pájaro el cristal puro quebranta.

A su casa retorna caminando el labriego
como siempre, con tosco y lento paso;
¿para qué apresurarse si no se alcanza el fuego
que eternamente arde en el lejano ocaso[121]*?*

Y el corazón hundido en la entraña terrestre
y recogiendo siempre su gozoso latido
hace vibrar de dicha su espíritu silvestre
con la gracia infinita del ocaso dolido.

La pesadez de la atmósfera cargada con la tempestad que se avecina y la inquietud de su corazón, no le permiten absorberse en el trabajo. A cada momento se detiene apoyándose en la guadaña[122], perdida la mirada en el horizonte relampagueante. Por último arroja el instrumento de trabajo, se sienta apoyando su espalda en el poste del alambrado, extrae del bolsillo de su pantalón una carta ya

---

120 *Linfa*: Parte del plasma sanguíneo. Aquí se emplea como término poético con el sentido figurativo de agua.

121 *Ocaso*: Puesta del sol al transponer el horizonte.

122 *Guadaña*: Instrumento para segar a ras de tierra, constituido por una cuchilla alargada, curva y puntiaguda, sujeta a un mango largo que se maneja con las dos manos.

abierta y se pone a leerla detenidamente. Terminada su lectura, la guarda de nuevo suspirando con angustia. Luego inclina la cabeza hacia adelante como si escuchara la voz de su interior y en tal posición quédase largo rato. ¡Ah, esos hijos! He aquí lo que resulta hacer sacrificios por ellos. ¿Para qué se le habría antojado enviar al más pequeño a estudiar a la ciudad? ¿Para qué? Quería tener un hijo doctor y lo que ha conseguido es un presidiario. ¡Y lo que le han costado ya esos dichosos estudios! Desde hace seis años que mensualmente envía a aquel mal hijo ochenta y hasta noventa pesos. Y todo ¿Para qué? ¿Para qué Dios Santo? Para que lo expulsaran de la Universidad y fuera a dar con sus huesos a la cárcel.

Las nubes se van haciendo cada vez más sombrías y el aire más caliente. Bandadas de pájaros, obscuros como los pensamientos del campesino, atraviesan el firmamento deforme y estremecido. ¡Ah, qué muchacho, qué muchacho! Y menos mal que fue él mismo, el padre, el que estuvo por la mañana en la Estación y recibió la correspondencia. Si hubiera ido su otro hijo, Samuel, enseguida la hubiera sabido la madre. Y ¡Oh, Señor! ¡Cuántas lágrimas, gritos, insultos! ¡Que hay que correr inmediatamente a la ciudad! ¡Que ella misma desea ir! ¡Que hay que conseguir dinero hipotecando el campo! Sí; como para gastos extraordinarios está el tiempo, actualmente. El chacarero contempla frente a él, con expresión torva, el cuadro de tierra en el cual se doblan de sed las cabezas agonizantes de los girasoles[123] y masculla una maldición. Ya va para dos meses que la lluvia se anuncia con su riqueza de sombras y luces,

---

123 El cultivo del girasol fue introducido en el país por los colonos judíos en Carlos Casares. Desde 1962, Carlos Casares es sede de la Fiesta Nacional del Girasol, que se celebra cada enero para homenajear a los colonos judíos que sembraron girasol en la zona.

pasando sin detenerse. Toda cosecha se ha ido perdiendo y para colmar la copa, todavía esa maldita carta.

Lo que más le subleva es el tono en que está escrita. No hay una palabra de humildad o de remordimiento. Al contrario; todo en ella respira orgullo, tranquilidad de espíritu por el deber cumplido y hasta un poquito de conmiseración hacia el padre pequeño e ignorante. Se hallaba en la cárcel, decía, por haberle encontrado la policía pegando carteles murales con otros compañeros. Pero aunque eso le había costado la expulsión de la Universidad, y la prisión, estaba contento porque militaba por la Justicia. Lo único que necesitaba era un poco de dinero hasta que encontrara trabajo cuando saliera libre, porque a la Facultad ni podía ni deseaba volver. ¿Pero ese muchacho no tenía un poco de inteligencia? ¡Sacrificar su vida y su porvenir por los demás! ¡No era lógico! Cada cual debe buscar lo que más le conviene. Si una gallina no encuentra alimento en la casa, se va lejos, al campo, a buscarlo. Naturalmente, uno lucha por sí mismo, no por los demás.

Se incorpora penosamente. Un fuerte dolor le taladra la frente. Imposible seguir trabajando. Un día perdido. Con la guadaña al hombro emprende el regreso a la casa.

La hacienda[124] se dirige al molino a beber. El campesino se mezcla con las vacas y ajusta su paso al caminar cansino[125] de las bestias. La angustia roe su corazón. ¿Por qué no puedo ir tranquilo como esa vaca, como ese caballo? Se pregunta íntimamente sublevado.

—¿Qué te pasa? ¿Estás enfermo? –le pregunta extrañada su mujer viéndole llegar antes de la puesta de sol.

—No cansado solamente. ¿Samuel ya está de vuelta?

---

124 *Hacienda*: Conjunto de ganado de un dueño o de una finca.
125 *Cansino*: Dicho de un hombre o un animal que tiene su capacidad de trabajo disminuido por el cansancio.

—Todavía no y la tormenta se nos viene encima.

—Sí, la tormenta de todos los días. Calor, viento, una que otra gota de lluvia y el sol nuevamente.

Como al conjuro de la palabra un fuerte viento se levanta haciendo remolinos en el ardiente suelo. El chacarero toma una silla de paja, colocada en el patio y la ubica en el umbral de la puerta del rancho. Hace mucho calor en la cocina y así, protegida su espalda de las ráfagas cada vez más furiosas, puede contemplar la campiña y respirar un poco de fresco. La mujer ha penetrado en la casa y de adentro llega su voz plañidera.

—Hace ya tantos días que no hay carta de Benjamín que verdaderamente, estoy intranquila. Si mañana no llegan noticias voy a mandar un telegrama.

Las palabras de la esposa le sobresaltan. ¡Suerte que fue el mismo quien recibió la carta! ¡Un hijo presidiario! Ahora recuerda que el año anterior, cuando estuvo en la ciudad por la compra de otras hectáreas de tierra, encontró a su hijo en la pensión en compañía de otros jóvenes. Todos discutían acaloradamente.

—¿Quiénes son estos? –había preguntado a Benjamín, no bien quedaron solos.

—Luchadores por la causa de la justicia –fue la respuesta enfática del mozo– los que anhelan librar al mundo de la esclavitud.

— ¿Esclavos? ¿Quiénes son los esclavos?

—Todos. Hasta tú mismo, dueño de tierras, no gozas nunca de un instante de libertad. ¿Has disfrutado algo en tu vida? Te explotan las grandes firmas cerealistas.

¡Cuántas, cuántas palabras incomprensibles le había dicho! ¡Libertad! ¡Felicidad! ¡Lucha! ¡Sacrificio! Aún suenan blandamente en su corazón produciéndole una dulce sensación de tristeza como cuando en su lejana adolescencia escuchaba en la Sinagoga la lectura de pasajes de la Cábala, sin comprenderla. Penetrantes tinieblas invaden su interior y una congoja de fuego aferra su garganta. ¡Oh, dueño del mundo!

De pronto el repiqueteo de la lluvia lo despierta jubilosamente.

—Ahora sí que llueve –exclama la mujer acercándose adonde él se encuentra y mirando con placer hacia fuera. Sólo temo de que Samuel no se encuentre en mitad del camino.

Un agua densa cae sobre la campiña. Los truenos y relámpagos se suceden locamente. El fuerte olor de la tierra mojada se levanta hacia las alturas como el olor de un holocausto[126]... Las bestias se quedan inmóviles, gozando de los embates del agua.

El campesino se pone de pie. Por la carretera, jinete en un caballo, pasa a galope su vecino, gritándole jubilosamente.

—Parece que tendremos agua, Don José.

Llueve, llueve, llueve. El hombre no puede contenerse y sale afuera, con la cabeza descubierta. Diríase su figura rejuvenecida y purificada. Las sombras de su interior han ido desapareciendo y su alma, libre, se agranda hasta hacerse inmensa, hasta sentir el contento de cada plantita, de cada animalito, de la tierra entera en la fiesta del agua.

---

126 *Holocausto*: Reducir a cenizas un sacrificio u ofrenda. La destrucción entera por fuego.

Primaveras

Hasta tu misma puerta llegó la Primavera
«ya estoy aquí, hermana».
Rumor de beso y nido, olor a leche y era,
angustias de placeres punzantes como llamas.

Anoche te llamaba tu joven Primavera:
«Sal afuera y elévate en mis alas sombrías».
Mas no supo llegarte el canto de la tierra,
te quedaste en la alcoba con las manos muy frías.
Te quedaste escuchando otra vez más cercana:
tu corazón que en medio de súbitas tinieblas
lloraba animalmente, lúgubremente aullaba
como un chacal en noches densas, negras.
Te era grata esa voz por venir de ti misma
y hasta te parecía clara expresión de vida.

¿Por qué ese llanto obscuro y tibio como entrañas?
¿Era de miedo ante el misterio por la honda Pri-
mavera?
¿Tal vez de repugnancia por toda su pagana des-
nudez?
¿O de pena por entregar tu gota más íntima y más
roja cuajada en una rosa?

Hasta tu misma alcoba llegó la Primavera.
Abre puerta y ventanas,
déjate ver entera
y no tiembles de miedo en tu alcoba encerrada.

Que el miedo ante el misterio es porque Primavera
sus sombras en tu alcoba proyectó desde afuera;
y sientes repugnancia porque sólo tus ojos
miran la Primavera; y sufres por la gota

que has de entregar,
porque aún Primavera, que es la estación creadora,
no ha logrado tu alma penetrar, fecundar,
de amor multiplicarse. ¿Y qué vale una gota
cuando se va sintiendo que adentro un río brota?

* * *

¡Oh, qué puro es el aire, amado mío!
¡Oh, cuán cerca está al mío, hoy, tu rostro mortal!
Primavera nos guíe con su claro albedrío
y el corazón no llore con lamento animal.

CORDERITOS EN PRIMAVERA

Existen seres en los cuales la Primavera ejerce sobre ellos más influencia que las estrellas o el ambiente. Capaz es de marcar su rumbo o cuajar su destino. Cuando la bestia de la Primavera comienza a agitarse en las entrañas de la tierra, ciertos individuos de la especie humana, son susceptibles a su fluído, obedeciendo, si la razón no lo impide, sus confusos mandatos. De ahí provienen las grandes tragedias. Pero en pocos la Primavera ejerció su fuerza como en Miriam[127], la bella hija del carrero, apodado el «Ruso[128] amargo». Hasta el camino de la muerte le hubiera parecido natural, si la voz de la Naturaleza se lo hubiera ordenado.

Miriam vino al mundo en una Primavera feliz, preci-

---

127   *Miriam*: El nombre de la hermana mayor de Moisés y Aarón. Aparece en los libros de Éxodo y Números. El personaje de Miriam en el cuento de Mactas tiene varias características en común con su tocaya bíblica.

128   *Ruso*: Judío. En la Argentina «ruso» se hizo sinónimo de judío ya que la gran mayoría de los inmigrantes rusos era de origen judío.

samente cuando se celebraba el año nuevo judío. Entonces aún se hallaba bien trabado el nudo de la Colonia. Sosteníala la esperanza latente en cada campesino por una propiedad no lejana.

La joven madre, con la recién nacida alentando a su lado, podía ver desde su lecho, a través de la ventana, retornar caminando a los fieles de la Sinagoga. Los hombres, con sus mantos de oración bajo el brazo; las mujeres, ataviadas con sus mejores prendas y libres los corazones de plegarias acumuladas durante todo el año, charlando risueñas. Hubo un momento en que la parturienta, ingenuamente dichosa, pensó que en cada uno de los rezos llegados durante aquel día hasta los pies del Señor, había también una merced pedida para su criatura. ¡Tenían hombres y mujeres una gracia tan intensa bajo la suave luz del crepúsculo! Pero no duraron mucho sus amables pensamientos. El recuerdo de las amargas horas vividas a causa de la maledicencia de esa misma gente que venía ahora de golpearse el pecho en el Templo[129], hizo que sus negras pupilas se empañaran y una ola roja coloreara su rostro exangüe. ¡Dueño del mundo! ¿Por qué habían sido tan malos con ella? La habían repudiado sin piedad y hasta en la misma Sinagoga, durante los «días terribles»[130] se apartaban de su lado. ¡Caro había pagado el instante de su juventud en que sintió la necesidad de ir bailando por su senda en vez de caminar con los ojos bajos! ¡Pobre su pequeña que tendría que vivir entre tales lobos!

Poco a poco los campos se fueron entenebreciendo. Di-

---

129 *Templo*: Sinagoga.

130 Los «días terribles» se refiere al período del año que incluye *Rosh Hashaná* y *Iom Kipur* que en la tradición judaica forman una unidad llamada *Yamim Noraim* (días terribles), por ser el momento en que Dios juzga al mundo y decreta lo que sucederá en el transcurso del nuevo año.

ríase que la bruma del atardecer hacía las siluetas de los hombres lejanas y esfumadas, como pertenecientes a estatuas de piedra. Una lágrima rodó por la mejilla de la campesina mientras colocaba su mano sobre el cuerpo de la niña.

—Buenas noches, Fanny. ¿Estás a obscuras todavía? Hay que encender la lámpara.

La voz del esposo que retornaba también de la Sinagoga con los dos niños mayores, sonó en sus oídos entrañablemente cálida.

Doña María debe estar ocupada en la cocina. No la he querido molestar.

El apacible fulgor de la lámpara disipó las figuras de afuera. ¿Qué le importaba todo lo demás si ella tenía su casa? Y su casa estaba situada más alta que las otras; en una loma. Ella tenía su hogar, sus hijos, su lámpara, sus sembrados y su hacienda. Se sentía fuerte y segura en su pequeño mundo.

Pero su confianza en un bienestar material basado en los designios de una organización creada por un benefactor y manejada por asalariados[131], no era tan estable como ella creía. Varias malas cosechas seguidas y el campo pasó al poder de la administración de la Colonia. Sólo se pudo rescatar tres hectáreas en las cuales estaban comprendidas la casa y la quinta[132].

—¿Qué será de nosotros? —sollozó la mujer cuando se les notificó que ya no eran dueños de la tierra.

—Compraré chata[133] y caballos y me dedicaré a la

---

131   Se refiere al Barón Maurice de Hirsch (benefactor) y los administradores de la J.C.A. (asalariados).

132   *Quinta*: Huerta de extensión variable dedicada al cultivo de hortalizas para el consumo familiar o con fines comerciales.

133   *Chata*: Carro grande, chato, sin toldo, de cuatro ruedas, que se emplea para cargas.

carga, junto con los muchachos —respondió torvamente el padre de Miriam.

Así fue. Dejó de labrar, de sembrar y de recoger el fruto y en compañía de los dos hijos varones se hizo conductor del grano de otro. Desde entonces se lo conoció con el nombre de Moisés «el chatero». Sus hijos fueron los hijos del chatero y todos sus actos y pensamientos considerados dignos de un chatero. Además para el hombre pobre y la mujer inquieta, existen el desprecio y el aislamiento. La familia hubo de encerrarse silenciosa en su trabajo, sin bajar casi nunca de la loma. Miriam, aunque pequeña todavía, comprendió el vulgar drama de los suyos y se solidarizó con su seriedad precoz y sus calladas maneras. En la escuela y en los cursos hebraicos permanecía apartada de los otros niños, haciéndose ver sólo por su inteligencia y capacidad. Y en las madrugadas de invierno, cuando oía a su madre suspirar y agitarse en el lecho, mientras su padre y sus hermanos salían a trabajar, ella también sufría, permaneciendo largo rato despierta. A veces se lamentaba el viento con una voz de infinito desconsuelo. Entonces a Miriam le parecía que ya nunca más iba a venir la claridad del día, el sol, el calor. Para no tener miedo la niña hubiera querido dormirse para mucho, mucho tiempo.

Un largo sueño es el Invierno y su despertar la Primavera. Cuando llegaba el tiempo bueno Miriam sentía una impresión de libertad como si se le fuera derritiendo un manto de nieve que la tuviera paralizada. Dejaba de ser la criatura taciturna, para convertirse en otra cantarina, riente, libre de absurdos deberes. Se pasaba largas horas vagando por los caminos. Había momentos en que como un pájaro en las mañanas radiantes levantaba la cabeza al firmamento emitiendo un prolongado grito de placer. Cierto día de Octubre le sucedió algo que ya no se borró más de su memoria. Presa de una sutil inquietud se había levantado muy temprano, cuando su padre y sus hermanos ataban la chata. La madre también había madrugado pues era el día en que se amasaba el pan. Miriam se puso a ayudarla pero un imperioso deseo de moverse, de correr, de saltar, la impulsaba afuera. Mucho antes de la hora en que diariamente partía para la escuela, cogió los útiles del colegio y se despidió de la madre.

—¿Cómo, Miriam, tan temprano? Si no son ni siquiera las siete.

—Voy a caminar despacito. ¡La mañana está tan linda!

—Ten cuidado pues los caminos están muy solitarios a esta hora.

Ligeras ráfagas de viento traían el sonido de gritos humanos y el lastimero balar de una oveja. La hierba de ambos lados del camino, cubierta de roció, brillaba bañada por los rayos del sol. Un pájaro trinaba sin cesar dos sílabas: Mi-riam, Mi-riam. ¡Era tan agradable caminar sola por la carretera amplia! Inconscientemente se fue acercando al lugar de donde partía la voz del cordero. Lo divisó tendido junto a un alambrado, tembloroso el blanco cuerpecillo y doliente la mirada. Al aproximarse la niña, no hizo ningún movimiento como para huír.

Miriam se arrodilló a su lado prodigándole caricias. Luego, atraída por el calor que emanaba del cuerpo de la bestezuela, la apretó contra sí, sintiendo un extraño placer en tal aproximación.

—¡Pobre ovejita! ¡No tiembles! ¡No tengas miedo que yo te defenderé!

Fluían de sus labios, tan poco acostumbrados a expresar afectos, candentes palabras de ternura. En su deleite, no oyó el ruido, cada vez más cercano, de un tropel[134].

—¡Jacobo! ¡Aquí está el corderito que se nos había perdido!

Frente a la niña y al cordero, jinete en un caballo inquieto, se hallaba un mozo pelinegro, de rostro mofletudo y ojuelos que se fijaban iracundos en ambos.

—Dale unos rebencazos para que aprenda a dispararse –le respondió otro jinete que se acercaba arriando una manda de ovejitas.

El primero alzó el rebenque[135] sobre el grupo que formaban la niña y la bestezuela.

—¡No se atreva a tocar mi corderito! –gritó Miriam con un brillo salvaje en sus pupilas. Sentía que era suyo por el común calor que los había unido pocos minutos antes en la mañana pura.

—¿Tu corderito? Del matadero querrás decir. Allí lo llevamos.

Hizo chasquear el látigo y el corderito se incorporó a la manada.

Entonces Miriam se sintió enloquecer de dolor. Incorporándose rápidamente, se colocó en medio del camino, gritando; ¡No los dejaré pasar! ¡No los dejaré pasar!

Los mozos se miraron sonriendo.

—¿Sabes quién me parece que debe ser esa chiquilla? La hija del «Ruso amargo».

—¡Ajá! Loca como la madre, ¿No? Bueno, chica, salí[136] del camino que estamos apurados.

---

134   *Tropel*: Conjunto de personas, por lo general a caballo, que se mueve en desorden ruidoso.

135   *Rebenque:* Látigo recio del gaucho.

136   *Salí*: Salir. Imperativo de la segunda persona singular en el *voseo* argentino, equivalente a «Sal del camino…» en el español estándar.

— ¡No!

—Se me ocurre una idea –dijo el pelinegro al otro, en voz baja. Vamos a darle un susto haciéndola correr con los corderitos.

Espolearon los caballos y el hato[137] reanudó la marcha. Miriam se unió a la manada llorando desconsoladamente.

Los arrieros reían a carcajadas.

—¡Que linda cordera! Van a pagar bien caro por ella.

Este episodio dejó en el corazón de Miriam un sedimento de odio hacia la gente de ese lugar. A medida que se desarrollaba su cuerpo, se reconcentraba más en sí misma, encontrando las únicas fuentes de vida, en su alma profunda y sombría.

FANTASMAS DE PRIMAVERA

Por espacio de cinco días había llovido. El cielo, deforme de nubes, despojábase con estrépito de una de sus capas, adquiriendo entonces claridad opaca. Pero enseguida volvía a entenebrecerse interiormente estallando en truenos intensos y desatados, desgarrándose en largos y hondos relámpagos. Descendía la lluvia de Primavera, penetrando ciegamente en el seno de la tierra, abierta toda para recibirla. La vegetación, inmóvil, como adormecida por su propio goce, soportaba firme los embates del agua, animada por la prístina heroicidad de la Naturaleza y el lodo latía como un cuerpo vivo. Descendía el agua, gruesa y obscura, semejante a un enorme animal cayendo sobre otro animal de lomo duro y blando entraña, la tierra, callada y pasiva durante ese tiempo.

---

137   *Hato*: Junta o compañía de gente malvada o despreciable.

Pero poco a poco el firmamento se fue desprendiendo de su carga vital y al sexto día apareció el sol en un fondo purísimo, destilando su fina miel sobre el mundo apaciguado ya. Comenzaba la belleza de la Primavera, después del sacrificio de la Naturaleza. Primero fue el dolor, la inarmonía del sacrificio; venía ahora el sosiego por la posesión de una esperanza, la tranquilidad después del sufrimiento, la cálida conciencia del fruto germinado.

La madre trajina por la cocina. Su cabeza ha encanecido prematuramente; su rostro se ha surcado de arrugas y a cada momento retuerce sus manos y suspira. Piensa, como siempre, en la hija que pasa sus días juveniles en la soledad y en la tristeza. ¡Es tan orgullosa! Tal vez, si no lo fuera tanto, tendría algunos amigos. Pero a muchachas y muchachos intimida la altiva mirada de sus ojos negros y también la fama de inteligente que el maestro de letras hebraicas, Rabí Naftalí, ha sembrado en el lugar. Y todos saben que es hija del carrero y... Una ola de angustia le aprieta la garganta obligándola a sentarse. ¿Qué va a ser de Miriam? Si por lo menos se poseyera un poco de dinero. ¡Con dinero se arreglan tantas cosas!

El padre vuelve camino de la quinta, trayendo una bolsa con verduras. Su alta figura se recorta en el marco de la puerta. Deja su carga cerca del fogón, toma el mate preparado ya, lo llena de agua y va a sentarse sobre una pila de marlos[138].

—¿Y Miriam? –pregunta con voz bronca.

—No se ha levantado todavía. Debe haber leído hasta muy tarde.

Ambos se quedan silenciosos, abrazados por un pensamiento común. El porvenir de Miriam. Flota siempre en la casa como el humo en la cocina.

---

138 *Marlo*: Zuro, corazón de la mazorca de maíz.

Fuera se escucha el largo mugido de un toro y el cálido arrullar de las palomas. El hijo mayor atraviesa el patio en dirección del corral.

—¿Para qué lleva José el fluído? —pregunta la mujer ansiosamente.

—Para curar al ternero, seguramente. Desde ayer que está enfermo. Ahora falta que nos quedemos sin leche. ¡Ay! Es inútil cuando se nace con mala estrella[139].

El rostro de la mujer empalidece aún más mientras que el silencio despliega nuevamente sus alas de hielo. José retorna del corral entrando en la cocina.

—¿Y? ¿Sigue enfermo? –interroga el padre alcanzándole un mate.

—Sí, padre. Completamente agusanado[140]. No hay nada que hacer. ¿Para mañana tenemos carga?

— No para el Viernes.

— Entonces hoy a la noche puedo ir al baile le voy a pedir a Miriam que me planche el traje.

Padre y madre le miran interrogantes.

El mozo comprende.

—Miriam no querrá ir. Dice que no se divierte en las fiestas. Ustedes saben cómo es ella y cómo son los demás.

—No importa. Dile que se prepare. Puede ser que hoy vaya –le suplica la madre– nunca sale a ninguna parte.

La evocación de la soledad en que vive la hermana pone una sombra de dolor en el rostro de José y un brillo de ternura en sus ojos. ¡Pobre Miriam! Recuerda que la única vez en que la llevó a una fiesta, también a ruegos de la madre, tuvieron ambos que sufrir el desdén de muchachas y mozos. Nadie invitó a bailar a Miriam, tan linda,

---

139 *Nacer con mala estrella*: Expresión idiomática que quiere decir nacer con o habitualmente tener mala suerte.

140 *Agusanado*: Infectado de parásitos, gusanos.

tan inteligente, y ninguna de las estúpidas damiselas allí presentes le dirigió la palabra. Durante muchos días padeció en carne propia el desprecio sufrido por la hermana.

—¿Verdad hijo que se lo pedirás? –insiste la madre– ¡Anda! ¡Oblígala a ir! ¡Que vea gente! ¡Que escuche música, risas!

No va a querer ir. Lo sé. Y además, creo que yo también me voy a quedar en casa. ¡Son tan aburridas esas fiestas!

— ¡Vayan! ¡Hágalo por mí!

—¿Acaso Miriam tiene algún vestido de baile? No va a ir como una andrajosa –interviene el padre.

—Sí; se arregló el viejo y le quedó muy bien. Ahora, cuando Miriam se levante, le pides que se prepare. ¿Verdad José?

—Bueno. Veremos.

Miriam se halla arrojada en la cama, a medio vestir. Aprieta la cabeza contra la almohada como si quisiera desaparecer en ella, mientras que de su cuerpo se desprenden espirales de una candente angustia. Haciendo un esfuerzo, se incorpora, sentándose al borde del lecho. Luego coge una zapatilla del suelo y se queda mirando fijamente los objetos colocados encima de la cómoda. Y he aquí que estos comienzan a moverse hasta desfigurarse por completo, hasta adquirir formas monstruosas, terribles, absurdas. Horrorizada, aparta rápidamente la mirada; empero, todo lo que su vista toca, cambia, en el acto, de aspecto: las llaves del ropero, las rosas del florero, las molduras del techo.

Sollozando de miedo y de repugnancia vuelve a arrojarse al lecho, sintiendo que detrás suyo las cosas van adquiriendo, silenciosamente, sus formas primitivas. ¡Ah! La presente Primavera no trajo, como las otras, el premio de los días fríos y tristes. No la ha empujado, cantando, hacia fuera. Ahora sucede que un singular sueño consciente gravita sobre su alma y sus miembros, manteniéndola, durante horas enteras, sujeta en su cama; y los objetos de su habitación, adquieren, apenas los mira, formas que tiene el poder de desgarrar, hasta lo más hondo su sensibilidad. Fuera reina la luz, la frescura, el gozo ciego y alado. Dentro, las tinieblas, la atmósfera pesada y monstruos, diabólicos monstruos. ¡Son los fantasmas de la Primavera! Se le ocurre rápido en el cáliz del cerebro donde su tortura ha pulido hasta dar lumbre. Son los fantasmas de la Primavera que solo aparecen en la obscuridad y en las cárceles.

«Sí; fuera hay luz, frescura, jocunda exaltación. Fuera se agita, caliente, la Primavera. Pero se halla muy alta o muy baja, lejos de los hombres cuyo inorgánico endurecimiento la repele. Se la ve pero no se alcanza, debiendo uno buscarse en sí mismo la vida, mientras se acepta, torvamente resignado, para no morir de soledad, la visión de los extraños fantasmas». Así dialoga ardientemente, trémula de ansias y soledad.

—¡Miriam! ¡Miriam! ¿Por qué no te levantas? Son las nueve. ¿Estás enferma, acaso? –pregunta la madre golpeando la puerta.

—No; ya voy.

Miriam, vestida ya, se peina lentamente, contemplando a través de la ventana, los campos bañados por una luz vivísima y el pequeño pueblo que se destaca, plácido en la lejanía. ¿Por qué es preciso vivir en la triste materialidad del sueño? ¿Por qué se obliga a buscar la vida de los sueños, pesada y vacía, helada y sofocante y que condena siempre a percibir las cosas horriblemente desfiguradas?

Embriaguez de Primavera

Todas las tardes, terminados sus quehaceres, Miriam se encamina al pueblo para visitar a su antiguo maestro Rabí Naftalí. Conversar con ese hombre de hermosa barba blanca, de carácter alegre y muy versado en letras hebraicas, constituye su única distracción.

El maestro, a su vez, siente un entrañable cariño hacia la joven. La vió crecer magníficamente y sabe que es la única persona que escucha con interés sus disquisiciones talmúdicas[141] y la única, también, con la cual se puede comentar algún intrincado pasaje de los Salmos[142]. Su mujer, una viejecita chillona y agria, se suaviza cuando ve llegar a la muchacha y para ella se destina la mejor repostería que sale de sus hábiles manos.

—Dudo de que exista en la Colonia una joven tan inteligente como Miriam —se expresó cierta vez el maestro, en la Sinagoga, un día Sábado.

El tendero del pueblo y un campesino adinerado le arrojaron una mirada de desaprobación.

—¿Inteligente como la madre? —preguntó aviesamente el primero.

—¿O como el padre, el carrero? —agregó el segundo.

Rabí Naftalí frunció sus cejas, airado. El sabía lo que decía. ¡Sí, Señores! Desde pequeña había demostrado ser la más inteligente del curso y ahora ¿qué muchacha o muchacho de la Colonia le pedía libros para leer a excepción de Miriam?

---

141 *Talmúdico*: Con base en el Talmud.
142 *Salmos*: Primer libro de la tercera sección de la Biblia hebrea. El título se deriva del griego «psalmoi» que quiere decir «música instrumental» y por extensión se refiere a las palabras que acompañan la música. En hebreo el Libro de Salmos se titula *Tehilim*, «Alabanzas».

—Mi hija –replicó el tendero– no necesita aprender moral en los libros.

—¿Qué se puede decir de Miriam? ¿Qué? ¡A ver! ¡Díganlo!

—De ella no, pero de la madre sí.

Los demás concurrentes a la Sinagoga, al escuchar la discusión, se fueron agrupando alrededor de Rabí Naftalí. Sublevados por la actitud del maestro ponderando las cualidades de la hija de Moisés «el carrero» protestaron indignados.

—Se conoce que usted no tiene hijos, Rabí Naftalí. Bien que no le gustaría que un hijo suyo se casara con esa muchacha.

—Y Ud. porque tiene plata se cree con derecho a todo –gritó Rabí Naftalí. —Si no fuera por su inmundo dinero le mirarían igual que a Moisés, «el carrero».

La concurrencia entera miró sorprendida al maestro. Entonces el anciano calló, acobardado. Sintió que peligraba su pan y se disculpó tímidamente.

—Yo no he querido comparar a Miriam con vuestras hijas. ¡Dios me libre! La chica es buena e inteligente me duele que la ofendan.

Aquella noche el maestro no pudo conciliar el sueño, desvelado por la cólera y el bochorno. Le avergonzaba no haber defendido a su discípula como verdaderamente lo merecía. Pero ¿qué hacer cuando se es viejo y se depende de otros?

Una tarde de Primavera se hallaban tomando té en la glorieta de la casa, él, su mujer, y Miriam. Terminada la merienda la anciana se puso a cascar nueces para hacer confituras, mientras que la joven, tomando un libro, comenzaba a leer en voz alta.

—«Midrash Koelet[143]. Segundo capítulo. Las siete veces que en el Eclesiastés[144] se emplea la palabra "vanidad" corresponden a las siete edades de la vida del hombre. A la edad de un año es semejante a un rey colocado en un rico perfumadero y al cual todo el mundo besa y estrecha entre sus brazos. A los dos o tres años es semejante a un puerco que introduce las manos en todas las inmundicias. A la edad de diez años es semejante a un cabrito que salta y brinca sin cesar. A la edad de veinte años relincha como un potro, yergue sus miembros y busca las hembras. Una vez que toma mujer es semejante a un burro. En naciéndole hijos se humilla como un perro para traerles alimento. Y cuando envejece es semejante a un mono».

—Eso es, Miriam. El hombre pasa por siete transformaciones casi todas animales. Sólo cuando apenas cuenta un año de edad puede sentirse elevado como un rey. No bien comienza a caminar, es un puerco que ha menester de la tierra de la cual ha salido. Después se convierte en un cabrito, ansioso de recorrer extensiones. Después en potro. Instinto que le hace emitir relinchos de placer y buscar el sexo. Después un burro; trabajos y obligaciones. Después un perro, cuya suerte depende del mejor amo. Después un mono. Imitación de vida. Aquí me ves, Miriam; un mono. Y mi vieja, que con tanto empeño está partiendo nueces, me hace recordar la mona que comía maní cierta vez que estuve en el Jardín Zoológico[145].

---

143 El Midrash consiste en el comentario e interpretación de los libros del Tanaj, biblia hebrea o Antiguo Testamento en la tradición cristiana. El Midrash Kohelet es el comentario dedicado específicamente al libro de Eclesiastés.

144 Eclesiastés también se conoce en hebreo por el nombre Kohelet, el hijo del Rey David, cuya historia se narra en el libro.

145 El Jardín Zoológico de Buenos Aires se inauguró en 1875. El reconocido autor y naturalista Eduardo Ladislao Holmberg (1852-1937) fue

—De tanto estar con los monos una se vuelve mona –exclamó la anciana marchándose enojadísima.

—Ahí tienes. Se pica porque le ponen un espejo delante –rió Rabí Naftalí. Pero es la verdad, Miriam, triste es la vejez. Hasta la inmensa claridad de un día como el de hoy daña los ojos cansados. Feliz tú que puedes gozar ampliamente de la Primavera.

Miriam recordó los días pasados: los fantasmas, la pesadez del ambiente, su continuo llanto, y su rostro se nubló.

—Miriam. ¿Acaso no estás contenta con la venida de la Primavera? –preguntó el maestro con una sonrisa intencionada. ¿O es verdad que las muchachas temen la Primavera como los viejos la claridad?

—Oh, qué manera de hablar la suya, Rabí Naftalí. ¡Yo no tengo miedo de nada!

—Eso está muy bien, Miriam –respondióle el maestro, repentinamente serio. Sólo así se puede vivir.

Miriam, íntimamente irritada, tomó su chambergo[146] y se despidió del maestro.

— Me voy, Rabí Naftalí. Mañana seguiremos la lectura. La tarde está tan hermosa que quiero aprovecharla caminando despacito.

«Solo en la soledad y en medio de la Naturaleza me siento bien» pensó Miriam mientras se encaminaba a su casa por la carretera bañada por los últimos rayos solares. «¡Ay! ¿Seguiré siendo siempre así? Ni la misma compañía de Rabí Naftalí, al cual quiero tanto, me es tan grata como la de este árbol». En la lejanía los montes se dibujaban en

---

designado el primer director en 1888, cargo que ejerció durante quince años. Los edificios y espacios donde eran exhibidos los animales correspondían al país de origen de los mismos. Por su estilo arquitectónico victoriano fue declarado monumento histórico en 1997. El cierre permanente del zoológico ocurrió en 2016. Actualmente se denomina Ecoparque.

146 *Chambergo*: Modelo de sombrero.

múltiples tonos de verde y las plantas de cina-cina[147] que bordeaban el camino mostraban sus florecillas semejantes a inquietos pájaros amarillos. Una sensación dulcísima iba apoderándose del corazón de la joven. La frescura vespertina, como un agua tenue, penetraba en su carne, refrigerándola. Se sintió de pronto fuerte y limpia. Serena y ancha. Inmortal sin reproducción. La sombra de su figura se dibujaba armoniosamente en el suelo. Miriam la contempló complacida. Luego, subyugada por su propia belleza, se puso a danzar, mirándose en su sombra como un espejo.

Danzaba impulsada por un ritmo interior, ebria de felicidad. Mientras bailaba se alzó una ligera brisa. La joven cerró los ojos dejando que la poseyera el viento, levantándola de la tierra con sus perfumadas manos.

—Oh, dulzura de existir, le cantaba al alma. Oh, delicia.

—¡Qué lindo, pero qué lindo! —oyó que decían a sus espaldas.

Abrió los ojos sobresaltada y al darse vuelta vio frente a ella a un hombre que la contemplaba maravillado.

—Siga bailando. Siga, por favor, ¡Si supiera que agradable resulta verla bailar!

—Si yo no sé bailar —repuso Miriam ruborizándose. No sospeché que alguien me estaba observando, sino no me hubiera atrevido.

De una rápida mirada abarcó el aspecto de su interlocutor. Elevada estatura, rostro armonioso y ojos cálidos. Vio también que usaba bombachas[148] y calzaba alpar-

---

147   *Cina-cina*: Cinacina (Argentina y Uruguay) árbol pequeño de 6 a 8 metros de alto, de hoja estrecha y menuda y flor olorosa amarilla y roja.

148   *Bombachas*: El pantalón bombacho tradicional del gaucho.

gatas[149]. ¿Quién sería? De fijo que no de la Colonia. El desconocido la observaba a su vez y en sus ojos se iba encendiendo una llamita de admiración y sensualidad.

—Qué hermosa, pero qué hermosa es usted! Bailando me parecía ser la imagen viva de la Primavera. De esa que nos rodea; de esa que brota de tierra.

—Es la única que existe. No puede brotar de las piedras. Necesita savia.

—¡Necesita savia! ¡Cuánta verdad en sus palabras! – la llamita de sus ojos se iba acentuando.

—Entonces de usted, debe brotar siempre la Primavera.

Miriam rió poniéndose más colorada aún. Habían echado a andar lentamente. Un pequeño charco brillaba a un lado de la senda, como un espejo. Miriam se miró en él, disimuladamente. ¡Sí! Estaba linda.

—¿Es usted de la Colonia? –preguntó al cabo de una larga pausa en que ambos guardaron silencio fascinados.

—Era mi padre el matarife de «Las Acacias». Pero yo me fui de niño a la ciudad.

—¡Ah! Así que ahora vino por unos días a visitar a su madre. ¿No? –preguntó con un tono en el cual no se ocultaba una leve inquietud.

—No. Como me quedé sin trabajo en la ciudad vine a ver si encontraba algo por aquí, por mis pagos[150]. Y efectivamente; hallé ocupación en los galpones estos. –dijo señalando la estación.

—¿Entonces se queda aquí para siempre? –exclamó Miriam mirándole en los ojos y ensayando su sonrisa más seductora.

---

149   *Alpargatas*: Calzado típico del gaucho, de lona con suela de esparto o cáñamo, que se asegura por simple ajuste o con cintas.

150   *Pago*: (Argentina) lugar en el que ha nacido o está arraigada una persona.

—Claro que para siempre. De aquí ya no podría irme.

Miriam sintió que los labios le ardían y que por primera vez se hallaba a punto de llorar de dicha.

El forastero le preguntó su nombre y le hizo saber el suyo. ¡Juan! Nunca le pareció tan breve y vivo un nombre. Le preguntó también de dónde venía y a dónde iba.

—De la casa de Rabí Naftalí. Lo conoce ¿no? y voy a la mía. Es aquella de la lomita. –respondió halagada por la curiosidad, sin ambages, del mozo.

—Ah, entonces podemos caminar juntos. Yo salí a pasear un rato.

—De mil amores.

Durante el trayecto el joven habló de su vida en la ciudad. De los años de estudiante, interrumpidos por la miseria; de los años de obrero; de las fábricas. Miriam intervenía con observaciones inteligentes, poniendo toda su voluntad en agradar. Explayó gracia e ingenio, certeza en el juicio y agudeza. Su acompañante, cada vez más hechizado, comenzó a hacer largas pausas a fin de que pudiera hablar la joven. Y Miriam fue sacando a flor de labio, con sutil astucia, el tesoro de su alma caudalosa, enriquecida por la soledad y la inquietud. Un suave fuego brotaba de sus ojos y de su cuerpo entero se desprendía la arrebatadora belleza de la mujer que siente tocado el corazón. Evitó hablar de su vida y de sus familiares. En aquellos momentos sentía asco por el dolor. Ciegamente egoísta de dicha, hasta hubiera deseado no poseer su pobre familia golpeada y abatida.

Por vez primera Miriam no se sintió oprimida por la sensación del largo camino que se extendía ante sus pupilas. No miraba a lo lejos. Entrecerraba los ojos dejándose llevar por la mano que apenas rozaba. Llegaron a la tranquera de su casa cuando ya caía la noche. La madre, desde la puerta de la cocina, miraba con curiosidad.

—¿Irá mañana a la casa del maestro, Miriam? –inquirió el mozo.

—Claro que iré.

—¿Volverá a la misma hora?

—Volveré a la misma hora

—Entonces hasta mañana.

—Hasta mañana, Juan.

Se estrecharon las manos ardientemente. Desfallecida de emoción Miriam cruzó corriendo el patio y penetró en la cocina. La mesa se hallaba tendida para la cena.

—Buenas noches –dijo con voz extraña.

—Buenas noches, Miriam –la madre la observaba con la mirada en la que había inquietud y alegría.

—¡Linda tarde hoy!

—¡Espléndida!

El padre sorbía un mate en silencio.

—Vamos a comer –dijo la madre– José y Saúl no vendrán hoy. Se fueron a buscar al «Picaflor».

Nadie habló durante la comida. El rostro de Miriam resplandecía de secreta felicidad. La madre la observaba furtivamente. El padre, que también la había mirado dos o tres veces, ostentaba en su rostro una expresión menos hosca.

—Deja hoy los platos, Miriam –le pidió la madre cuando vió que la joven se disponía a retirar la vajilla de la mesa. Los lavaré yo. Casi no he tenido trabajo en todo el día.

—No. ¿Para qué? Los lavaré en dos minutos.

—Te lo ruego. Déjalos.

—Bueno.

No quiso insistir porque no tenía deseos de hablar. Dio las buenas noches retirándose a su cuarto. Sin encender la vela, abrió la ventana apoyándose en el alféizar. La noche, de luna llena, pesada de belleza, se abría sobre un mundo extraño y nuevo. Las estrellas brillaban vivamente. La noche no le pareció ya un abismo pavoroso. Un abismo; sí. Pero lumínico, resplandeciente, hermoso como el cielo. De pronto sintió que le nacían dos alas. Y emprendió el vuelo en el espacio, como un pájaro nocturno, con la jubilosa impresión de que la noche primaveral era tan suya como sus propios sueños.

Fresas Primaverales

A la mañana siguiente Miriam se despertó con una terrible impresión de desaliento. ¡Qué hermoso sueño he tenido! Se dijo. ¡Lástima no haber sido verdadero! Pero entre las brumas del despertar la conciencia de que todo había acontecido realmente, fue como un rayo de fuego que la hizo estremecer de alegría. Se arrebujó en el lecho, hallándolo tibio y agradable y entregó pensamientos a los recuerdos de la víspera y a calientes fantasías. Ebria de felicidad su corazón naufragaba a veces en un loco egoísmo. «Ya se encargará la gente de hablarle mal de nosotros y quién sabe si lo vuelvo a ver». «En los galpones ya habrá alguien que sabrá reírse del «ruso amargo». «¿Y en el pueblo? ¿Las mujeres del pueblo? ¿Qué cosas le dirán?» «Ah, la mala suerte que persigue a mi familia, no va a permitir que yo disfrute de algo en la vida».

Las nueve sonaron en el reloj del comedor. ¡Qué lentas

pasaban las horas! Miriam se incorporó en el lecho. Su mirada no fue atraída como otras veces por los temibles objetos de su habitación. Su mirada se hallaba vuelta hacia adentro. Vistióse con movimientos lentos pues se sentía gruesa y obscura como un fruto maduro. Durante todo el día anduvo desasosegada. Por fin llegó la tarde.

—Miriam –le dijo la madre antes de que aquella penetrara a su cuarto para vestirse. ¿Por qué no te pones el vestido nuevo? La señora de Rabí Naftalí no te lo ha visto aún.

—Sí. Me lo pondré –repuso Miriam sonriendo.

Ambas se miraron. Por primera vez fue jubilosa la secreta inteligencia de su silencio.

La joven no quiso llegar hasta la casa del maestro. Tan plena se hallaba que toda presencia humana le era molesta en aquellos momentos. Corrió hacia el lugar donde a la víspera se había encontrado con él, contemplando el suelo donde había danzado, como algo sagrado. ¡Juan vendrá hasta aquí! Se dijo y fue a tenderse, henchida de sueños, al borde del camino donde crecía una hierba fina. Fijó la vista en el cielo azul. Las nubes dibujaban las facciones del rostro amado ya. Luego, al mirar la copa de un árbol, vio que también las hojas reconstruían la misma imagen.

—Arbol –musitó su corazón– un día yo te envidié. Te vi reproducirte en flores y frutos, mientras que tus raíces se hundían profundamente en la tierra. Pensé cuánto más feliz eres que el hombre que no siente sus raíces y que a veces no alcanza ni flores ni frutos. Pero no sabía que el amor da raíces firmes y es luz que va descubriendo la amplitud del ser humano.

Largo rato permaneció sumida en un arrobamiento. Volvió en sí cuando un auto, cargado de jóvenes bulliciosos, pasó a su lado como un relámpago, levantando una espesa polvareda. Miriam se puso de pie, componiéndose el vestido y arreglándose la melena. ¿Qué hora sería? Por el sol, más de las siete. ¡Dios mío! ¡No viene! gimió palideciendo. ¡No viene y no vendrá más! En los galpones se deja de trabajar a las seis y media. Por lo tanto ya debería estar aquí. Ya tenía yo el presentimiento de que mi felicidad no podía durar mucho tiempo. Sofocada de angustia se dio a correr rumbo al pueblo. Pero enseguida se detuvo. ¿Adónde voy? Es inútil que corra y me afane. Retrocedió hasta el sitio primitivo. ¿Qué será de mí si no viene? ¿Cómo vivir sin el sentimiento que aunque tan nuevo ya me abraza el pecho? No; no podría vivir. Mejor es la muerte. Un llanto convulsivo hizo presa de ella. Miró el cielo nuevamente. Creyó que el sol había avanzado considerablemente cuando apenas se había movido. ¡Oh Dios! ¡Ya viene la noche y yo estoy sola!

Pasos apresurados sonaron cerca suyo, y antes de que la joven levantara la cabeza, dos brazos la envolvieron amorosamente.

Miriam fijó en los otros ojos, los suyos llenos de lágrimas y su hechicero rostro se inundó con una sonrisa luminosa.

—¡Oh , Juan! ¡Creí que no vendrías!

—¿Qué no vendría? Si ya no puedo vivir sin ti. Me demoré por el mismo deseo que tenía de verte. Pude salir antes del trabajo y te fui a buscar a la casa de Rabí Naftalí.

—¿A la casa de Rabí Naftalí? ¿Cómo es eso?

—Me dijiste ayer que ibas todas las tardes. Cuando llegué el viejo me informó que hoy no habías estado. Me preguntó para qué te necesitaba. Yo le conté que te había conocido en la víspera y que me habías impresionado fuertemente. Entonces el maestro se puso a hablar de ti. Media hora estuvo ponderándote, es decir, describiéndote. Y yo me sentía orgulloso como si fuera a mí mismo a quien ensalzara. ¡Oh, Miriam! ¡Mentira me parece tenerte en mis brazos!

Nuevas lágrimas brotaron de los ojos de Miriam, estas de infinita felicidad.

—El maestro me dio frutillas[151] de su quintita. Me dijo, sonriendo: cómalas con Miriam. ¿Las comemos, entonces?

—Sí.

Caminando abrazados, desataron el paquetito, y limpiando la tierra adherida a la fruta, la llevaban a la boca. Comieron todas las frutillas y se besaron. Así empezó el romance de Miriam.

Sangre de Primavera

Mientras afuera el Verano pasaba con su agobio de faenas y frutos. Y el Otoño con sus rojos vientos hacía que niños cayeran extenuados en la recolección del maíz. Y el Invierno, un Invierno de hambre y odio hacía aislarse temerosos a los chacareros por temor a los asaltos, Miriam, ciega de felicidad, gozaba de su amor. En su casa, la ventura de la hija había apaciguado un tanto la callada cólera de los días sin esperanza. Claro que la envidia había mermado las cargas. La gente no perdonaba satisfacción alguna al «Ruso amargo». ¡No! «Un muchacho tan bueno y mire Ud. donde va a caer», comentaban las mujeres del

---

151 *Frutilla*: (Argentina) fresa.

pueblo. «Miriam es igual que la madre y a los hombres les atrae vaya a saber qué cosas».

Juan venía a la casa de su novia diariamente. Los días lindos Miriam lo esperaba en el «lugarcito», como llamaban al sitio donde se habían visto por primera vez, o bien en la tranquera. Encerrados en el comedor, y apretados estrechamente, el denso misterio del viento que giraba afuera, sin cesar, no penetraba en sus ánimas mortales.

A fines del Invierno, Juan quedó sin trabajo. Tenía contra sí la sorda enemistad de la Colonia y la antipatía de los patrones que lo habían tildado[152] de «comunista». Trató de colocarse como mensual en una estancia o como peón para labrar la tierra petrificada. Pero todo fue inútil. Un mes entero permaneció en la casa de su anciano padre, en «Las Acacias», sin saber lo qué hacer. Falto de medios de locomoción, durante una semana no había podido ver a Miriam, en cuyo hogar la miseria hincaba cada vez más su diente. El almacenero como el carnicero, no querían fiar más.

De pie ante la ventana de su cuarto, Miriam acaba de leer una carta de Juan traída recién del correo del pueblo. En su misiva, henchida de ternura, le decía que esos ocho días en los cuales no habían podido verse fueron los peores de su vida, y que no pudiendo esperar más tiempo iría a pie, el lunes, día que ella recibiría la carta. Sólo le rogaba que ella lo esperara en «el lugarcito».

Como la noche anterior había llovido, para que el agua ablandara la superficie del suelo y brotara la Primavera, todo lucía fresco y limpio. Mientras se encaminaba a la cita el panorama de la Naturaleza triunfante iba borrando en

---

152 *Tildar*: Señalar a alguien con alguna nota denigrativa.

el corazón de Miriam las pequeñas huellas que los últimos contratiempos habían impreso. Marchaba ligera y feliz, tanto por el gozo sereno del ambiente como por la conciencia de que pronto vería al ser amado. Al pasar por una chacra se detuvo para contemplar un espectáculo impresionante. Un corderito se hallaba amarrado a un duraznero. La brisa hacía temblar las delicadas florecillas y los vellones blanquísimos.

—¿Por qué tiene atado a ese corderito? –preguntó a un niño sentado en la viga superior de la tranquera.

—Mañana se casa mi hermana y es para hacer el asado.

Miriam se alejó súbitamente entristecida. La imagen del sacrificio del corderito no se le borraba de la imaginación. He aquí que para celebrar unas bodas se iba a derramar sangre inocente. Tal era el trágico sentido de la tierra. Llegó al sitio indicado antes que Juan. Sentóse a esperarlo sobre la hierba, con una expresión de preocupación y desaliento. Los campos estallaban de vida y la miseria no dejaba vivir. En su casa la madre utilizaba seis veces el mismo aceite, dos veces la misma yerba[153] y dividía en cinco raciones el medio kilo de carne. El padre se sumía en una amarga desesperación y los hermanos, la mayor parte de los días, no tenían trabajo. ¿Y Juan? ¡Cómo debía sufrir comiendo el pan del anciano padre! ¡Cuanta injusticia!

No lejos del sitio en el cual se hallaba sentada la muchacha, un toro solitario se había acercado al alambrado del alfalfar en el que estaba paciendo y mugía sordamente estirando la cabeza hacia el campo de enfrente, donde se veía una gran cantidad de vacas. En el atardecer violeta parecía la bestia una densa mancha de sangre. Sangre pesada

---

153 *Yerba*: Yerba mate.

y mala. Sangre ciega y poderosa. La congoja de Miriam se iba acrecentando. Lágrimas incontenibles comenzaron a deslizarse por sus mejillas. El porvenir se le presentaba sombrío e incierto. ¿Qué será de nosotros? sollozó cubriéndose el rostro con las manos. ¿Qué hará Juan si no encuentra trabajo?

La presencia del ser amado hizo instantáneamente que su llanto se trocara en una sonrisa de felicidad.

—Pero Miriam, ¿por qué llorabas así? –le interrogó él, con afán.

—No sé. Tal vez porque no estabas a mi lado.

—¿Nada más que por eso? Es necesario ser un poco más fuerte –dijo el hombre atrayéndola hacia sí y sorbiéndole una lágrima que había quedado rezagada en la comisura de sus labios.

La lágrima de la mujer querida fue para él como un vino embriagador. Quiso más y para provocar nuevamente su llanto comenzó a decirle al oído desgarradoras palabras de amor. Miriam volvió a sollozar. El hombre, con un brillo de excitación en la mirada bebía sus lágrimas voluptuosamente. Había algo en el calor de la lágrima que hacía recordar el calor de la entraña.

Cuando ambos se hubieron calmado, Juan habló. El no podía permanecer más tiempo en casa de su padre. ¡De ninguna manera! El viejo ganaba apenas para él y la madrastra. Había ido a pedir trabajo a todas las chacras de la Colonia con resultados negativos. El único remedio era partir adonde nadie lo conociera o nuevamente a la ciudad. Por lo menos, no sería una carga para el anciano padre.

Miriam lo escuchaba frías las manos y el corazón, contemplando afligida el largo camino que le hacía recordar sus pasados días de soledad. ¡Y ese toro que seguía en el mismo lugar, con su sordo mugido! ¡Daban ganas de matarlo! ¡Ojalá se muriera!

—He decidido partir a fin de semana, Miriam. Tal vez encuentre trabajo pronto y te mande a buscar aún antes de lo que nosotros mismo esperamos.

—No me dejes sola, Juan. Si te vas me muero.

—Demuestra tu fortaleza, Miriam. No hables como una niña. Bien ves que es necesario partir y sin demora.

—Entonces llévame contigo.

—¿Conmigo? No es posible. Me voy a ir caminando. Y si llego a la ciudad tendré que dormir en las plazas.

—Yo también dormiré en las plazas.

—Piensa lo que dices, criatura. Ten calma y espera, que todo se arreglará.

—¡Juan! ¡No quiero que te vayas! Casémonos y vive con nosotros en mi casa.

—Me extraña que seas tú la que digas tales cosas, Miriam. Aunque los tuyos gozarían de buena posición ¿me cuadraría a mí?

—Ella lo miró con extrañeza. ¿Pero no comprendía que no sobreviviría a su partida? Pensaba más en su dignidad que en ella. Invadida por la agria conciencia de su soledad, hundió la cabeza en sus brazos, sollozando agitadamente. ¡Ay, ay! ¿Qué va ser de mí? ¿Qué va ser de mí, Dios mío!

El joven la atrajo nuevamente hacia sí, contemplándola con amor. Veía en su llanto un llanto de pasión, por lo que se sentía halagado.

—¡Cálmate Miriam! ¡Cálmate querida! Antes de partir nos casaremos.

—Miriam lo miró sin entenderle. ¿Qué se ganaba con ello? Igual se iría, e igual se quedaría ella sola en la Primavera. Sin saber por qué se sintió apaciguada y dijo con un brillo de orgullo en los ojos.

—Perdóname, Juan. Te hago sufrir cuando debiera alentarte. Vete nomás a fin de semana. Estoy segura que pronto encontrarás trabajo. Yo te esperaré con valor.

Hablaron todavía un largo rato, haciendo proyectos y estrechándose fuertemente. Volvieron a la casa de Miriam ya de noche, quedándose él durante cuatro días.

—¡Miriam! le dijo al despedirse. Mañana no vayas a la Estación. ¡Te lo suplico! Va a ser peor para ambos ¿No?

—Sí, tienes razón –respondió Miriam con voz apagada. Vio ante sí, con tintas fuertes, el desgarramiento de la partida, ese romperse del hilo que une la mirada de dos seres que se aman y nuevamente el miedo al sufrimiento la hizo estremecerse fuertemente.

— Si no encuentro trabajo en dos meses volveré lo mismo –fueron las últimas palabras de Juan.

Al día siguiente Miriam sintió en toda su intensidad la voluptuosidad del dolor. Cada minuto encerraba una sensación nueva.

—¡Ay! ¡Ya quisiera que fuera después de las cuatro, después de la partida del tren! –dijo la madre al hijo mayor, enjugándose una lágrima. No puedo ver como Miriam sufre.

Pero en el mismo momento vio que Miriam, que se había encerrado en su cuarto, salía con los ojos encendidos de llorar y el cabello revuelto.

—¿Qué horas son? –preguntó con voz sorda.

—Las tres y media –respondió la madre, angustiada.

—Entonces todavía tengo tiempo de llegar a la Estación. ¡Hasta luego! –dijo apresuradamente lanzándose hacia la calle. La madre la siguió.

—¡Miriam! ¡Miriam! ¡Espera!

Pero Miriam no la escuchaba. Con el corazón estallando de amor y fuerza como la Primavera victoriosa a su alrededor, corría velozmente. Corría ciega de voluntad.

—¡Quiero verlo antes de que se vaya! sollozaba. ¡El Destino lleva y trae y quién sabe si nos volveremos a encontrar!

Antes de llegar al pueblo se oyó el silbato del tren. ¡Ya se fue! gimió retorciéndose las manos. Bañada de sudor y lágrimas se detuvo, contemplando en la lejanía el humo de la locomotora. Desfallecida se dejó caer sobre la hierba del camino, cerrando los ojos. Pero el mugido de un toro la hizo estremecer. Era el mismo que días antes maldijera en su corazón. Allí estaba, junto al alambrado, con su gruesa mirada, estirando la cabeza hacia el campo de enfrente. En el atardecer violeta parecía una densa mancha de sangre. Miriam se levantó huyendo enloquecida del interminable mugir. No se dirigió a su casa sino que tomó la dirección inversa. Caminando, llegó hacia el otro lado del pueblito, lugar al cual pocas veces había visto. Observó el ranchería en curiosidad. Niños semidesnudos se revolcaban juntos con los perros en las puertas de las viviendas. Los hombres tomaban mate con una expresión de tristeza y mansedumbre. Las madres solteras, a las que conocía de vista, hacían los trabajos más rudos de la casa. Un pesado silencio gravitaba sobre las estrechas casas de barro. Siguió marchando. ¿A quién pertenecía esa chacra, la más cercana al pueblo? Ah, ya recordaba. A los Retstein.

El rancho antiquísimo parecía hundirse en la tierra, agobiado por la abandonada vegetación que lo rodeaba. Los enormes árboles, sin podar desde hacía muchos años, tenían apresados a la casa y a sus moradores. Gruesos troncos podridos, ramas y malezas impedían a los hombres la vista de la inmensa llanura y podían aplastarlos durante alguna tempestad. Los campesinos se habían dejado dominar por una Naturaleza ya decrépita y todo lo que a ellos pertenecía era gastado y sucio, obscuro e inerte.

Miriam se alejó cada vez más ensombrecida. ¿Qué podía esperar de los muertos? Siguió marchando sin rumbo. Primavera reía libre, aliviada de la carga de su savia, la cual había germinado en miles de frutos, mientras que ella, la pobre muchacha hija de la Primavera, marchaba penosamente, abrumada, pesada, como si le sobrara sangre en el cuerpo, como si tuviera demasiada sangre. Enloquecida pensó que si se abriera las venas saltaría su sangre inútil. Siguió marchando sin rumbo. Pasó por una fábrica de moler pasto para la exportación. La vibración jubilosa de las máquinas parecía resquebrajar la existencia cristalizada de la vida campesina. Sin saber por qué, Miriam se sintió algo reconfortada. Volvió sobre sus pasos mientras el horizonte se iba tiñendo de un intenso color rojo. «El lugarcito» brilló ante sus pupilas, vívido como un oasis, haciendo a su corazón agitarse cual un pájaro cuando se sacude del rocío nocturno, y activando nuevamente su sangre, la que estalló por fin en palabras de vida y esperanza.

Asilo de ancianos

Se hallaba trabajando en una lejana provincia cuando le llegó la noticia del fallecimiento de su madre[154]. El telegrama venía firmado por uno de los vecinos de la casa en la que él, David, juntamente con sus padres, ocupaban una habitación y en el modo de redactarlo se veía que el remitente conocía bien el carácter del joven, habiendo criticado, sin duda, la poca ternura que ponía en sus relaciones familiares... Nada de eufemismos para acolchar la triste nueva; ninguna palabra obscura que con su misterio podría mantener alguna esperanza: «Su madre muerta, venga».

Durante un momento quedó inmóvil, temblándole el papel en la mano. Luego volvió a leer el telegrama con los ojos animados por un fulgor rojo tal como si de la parte de adentro reflejaran un incendio y enseguida dedicóse a acomodar los fardos de género que constituían su mercancía, guardó cuidadosamente el dinero apartando lo que debía en la posada, y sin apurarse, pues el tren salía dos horas más tarde, hizo transportar sus cosas a la estación.

Había aún escasos pasajeros en el coche donde fue a instalarse. Nadie hablaba. Hacía frío. Sin despojarse del abrigo tomó asiento al lado de una ventanilla después de colocar al alcance de su vigilancia los bultos y valijas y de

---

154 Este cuento se publicó por primera y única vez en la revista *Judaica* (1.4 [1933]), insigne publicación mensual de Buenos Aires dirigida por Salomón Resnick. Aunque antecede y no figura en la versión original de *Los judíos de Las Acacias*, se incluye aquí por su proximidad estilística y temática y para reunir la obra cuentística completa de la autora.

palpar el dinero en el interior del chaleco. Seguro ya de que todo estaba en orden, clavó su mirada, la cual se intensificaba cada vez más aquel peregrino resplandor rojo, en las espesas sombras de la noche,

Pronto el estupor doloroso que le había cogido al recibir la noticia, ese estupor que había introducido hielo en sus venas paralizando las facultades de pensar y de sentir, se fue deshaciendo por la acción del fuego reinante en su alma y las ideas comenzaron a surgir claras, impetuosas, valientes: con la muerte de la madre se terminaban los gastos acarreados por su enfermedad y como el padre, viejo ya y piadoso en extremo, al punto que no subsistiría en un medio que no fuera completamente ortodoxo, entraría en el asilo de ancianos, el hijo, quedándose solo y libre, podría guardarse todo el dinero de sus ganancias.

¡Por fin cumpliría su destino sin trabas de ninguna clase! ¡Por fin se libraba de las ligaduras de la sangre más fuerte y terribles de las que enlazaban a su padre con Dios! ¡Guardaría dinero, realizaría su ambición!

Realizaría su ambición cuya lumbre había existido siempre en él segura y poderosa y que ahora, ante la perspectiva de su libertad, se convertía en un crujiente incendio.

De vez en cuando la conciencia de su reciente desgracia subía de sus entrañas produciéndole hasta deseos de gritar. Pero la sofocaba apretándola con el duro concepto de que el pobre no tiene tiempo para las manifestaciones de dolor y clavaba aún más fijamente su árida mirada en la negrura de la noche.

¿Estaría en adelante su camino libre de obstáculos? ¿Por qué si se sentía tan capacitado para la felicidad ella permanecía tan apartada de su vida? ¡Ah, sí! Apenas surgido de la infancia tuvo la intuición de la alegría. La deseó voluptuosamente, gastando en el estudio, el más humano de los placeres, su hermosa vitalidad.

No bien apuntaba el alba corría a sumergirse en el río de la Torá, cuyo oleaje conduce suavemente por las más lejanas e ignotas regiones. Los viejos muros de la sinagoga de su ciudad natal, en Polonia, veíanlo penetrar en sus aguas y retornar con los ojos sombríos y cargados de ensueños. Sólo que una vez despiertas sus ansias de saber le fueron insuficientes los conocimientos de los libros sagrados.

¡Si hubiera podido asistir a las Universidades donde se tiene poderes y conocimientos para dividir las cosas en partículas y sentir así cuanta vida alienta en ellas! Dividir las cosas en pequeños mundos y anegarse en el placer de que lo creado es inmensamente amplio. Estarse horas y horas hundido en el silencio de las Bibliotecas, hirviente de ideas, deteniéndose en cada palabra leída para desentrañar sus múltiples sentidos: percibir, en fin, todo lo que existe como se percibe lo material...

Empero la miseria del hogar y su condición de judío le hicieron bien pronto abandonar sus aspiraciones. Entonces se entregó al trabajo, a fin procurarse con dinero los dones de la tierra. Si le estaba vedada la dicha espiritual, disfrutaría de cualquier modo y a cualquier precio.

Primero en Polonia, luego en la Argentina, encauzó sus días únicamente en el trabajo. Mientras sus pies caminaban recio y sus manos movían afanosas, sus ojos maravillados, no se apartaban del alma, donde la ambición ardía plena, borrando cualquier fervor que apuntaba. Ebrio de vida pasaba al lado de la vida sin verla ni sentirla. No supo de las pequeñas satisfacciones cotidianas que constituyen la red de la existencia; ni del dulce descanso de olvidarse de sí mismo durmiéndose en alguna radiante mañana acunado por el sol; ni del delicioso peso del amor, pues al amor no podía brotar en su pecho reseco por tan intensos ardores.

Cuando el padre quedó sin trabajo y sintiéndose viejo para buscarse otro, hubo el hijo de hacerse cargo del hogar, amén de atender los gastos de la madre enferma. Su piedad filial que le obligaba a apartarse de sí mismo, endureció aún más su carácter. Parecía como si su ser estuviera aprisionado por una mano bruta. Pero he aquí que la vida misma rompía sus cadenas y el hombre, enloquecido por su repentina libertad, entregábase a diabólicos arrebatos de placer…

El coche, durante el trayecto se había ido llenando de mucha gente. Campesinos que se dirigían a Buenos Aires para arreglar sus asuntos; enfermos que iban a la urbe en busca de alivio; viajantes de comercio…

En tanto la noche se cernía misteriosa, adentro el sudor y el humo de los fumadores densificaban la atmósfera y con ello desataban la locuacidad de los viajeros. Sentían los hombres un suave bienestar al respirar el olor común de sus cuerpos; se sentían más humanos hundiéndose en la más material de su naturaleza; se sentían unidos por su carne y defendidos de la noche con su luna ancha y ardiente, como si contemplara a su propia alma, ciega como aquélla y alumbrada por su ambición.

Eso sí; toda vez que apartaba la vista de la ventanilla fijándola en los viajeros, especialmente en una mujer entrada en años que dormitaba sobre unas almohadas, volvía a punzarle el recuerdo de su madre. Mas apenas volvía sus ojos a la noche, las llamas de su alma se levantaban con más fuerza, haciéndole volcarse por entero en la sensación de ese calor.

* * *

El mismo día que condujo a su padre al asilo, había fallecido uno de los ancianos. Cubierto por un raído paño negro, el cadáver, recién lavado, se hallaba tendido en el suelo, rodeado por algunos deudos que hacían, silenciosamente, los preparativos del entierro[155].

Sobre el ánimo de David produjo una viva impresión la vista de la cámara mortuoria con las puertas abiertas de par en par; le pareció que aquello significaba que sólo se abrían para dejar salir a los hombres con los pies hacia adelante.

Enrojeciendo ligeramente miró a su padre. Pero éste, murmurando una plegaria con el rostro impasible de siempre, siguió al empleado que le conducía a su habitación.

Un sol de Otoño, pálido, indiferente, marchito, yacía en el extenso patio. En un ángulo del mismo tres viejitas, sentadas en sendas mecedoras de paja y tocadas con pañuelos anudados bajos las temblorosas barbillas, lloraban con sollozos uniformes cual si el llorar fuera para ellas una antigua costumbre, mientras que dos ancianos paseábanse de aquí para allá, mudos y reconcentrados.

David había pensado despedirse pronto de su padre y volver a sus quehaceres. Pero la angustia de estar perdiendo tiempo que vivía en él perennemente, se extinguió de súbito y en vez de seguir a su padre, fue a sentarse en

---

155 Según el rito funerario judaico tradicional el cuerpo del difunto es lavado, envuelto en un manto simple y posado en el suelo. No se debe dejar el cuerpo sólo en ningún momento antes del entierro.

una silla vacía, al lado de las tres mujeres, atraído por el espectáculo de la vejez y de la muerte, mostrándose en toda su crudeza.

Él, que jamás se había detenido a observar el paisaje exterior, miraba ahora profundamente a las tres mujeres anegadas en llanto, y a los dos ancianos paseándose sin decir palabra y a otros dos que hablaban de sus cosas con indiferencia y a otros dos que sentados en los lechos de sus cuartos y envueltos en amplios mantos de oración, amarillentos y deshilachados, rezaban con grandes movimientos de cuerpo y a todos los que pasaban, graves y tristes como el sol de Otoño. Observaba con nervioso interés y su mente, ocupada siempre por operaciones comerciales o por los proyectos para el porvenir, se entregó abiertamente, con ansias largo tiempo contenidas, a meditar sobre los dolores universales del hombre. Bien podía llamarse al cementerio la casa de la vida, pues el asilo de ancianos era la verdadera casa de la muerte. Al final de sus días, hombres y mujeres desprovistos de todo bien terrestre, debilitados los sentidos y pesados los corazones de deseos muertos, venían al asilo, sin más horizonte que la vista de su propia tragedia en los demás, sin otra emoción que el íntimo terror de los cuerpos. Ni en los silenciosos camposantos[156], densos de nada, ni en el hogar donde la muerte hubiera entrado, se podía recibir la impresión de la muerte. Porque si en un hogar moría un joven librábase uno de la pavorosa idea de la muerte, imprecando a la fatalidad. Si era un viejo el que fallecía, la exuberancia de la mocedad llenaba el vacío dejado. Sólo aquí, en esa casa animada por sombras vivientes, el espíritu sentía la muerte. En los labios que ya han perdido el caliente color de la sangre, pero que aún se

---

156 *Camposanto*: Cementerio.

mueven; en los cuerpos que se rozan sin inquietud, pero que aún sienten el frío; en los ojos que todavía contienen lágrimas pero que apenas si distinguen los colores y las sonrisas.

Al sacarse al patio la caja fúnebre salió de su ensimismamiento. Se levantó blandamente como llevado por una fuerza ajena a su voluntad y siguió la procesión de asilados, quienes iban a cumplir el precepto de acompañar al muerto[157].

Cerca de la puerta del vestíbulo se cantó la oración de cuerpo presente. David miraba a los ancianos que estremecidos repetían las frases del rezo. «Dios lleno de misericordia... » y sentían que las palabras caían en su alma cual enormes gotas heladas apagando así las llamas devoradoras. «Que descanse en su lecho... » ¿Eso se pedía? ¿Descansar eternamente en el lecho de la tierra? ¿Descansar del trabajo de buscar la tierra? ¿Para eso había corrido sin descanso sobre el haz de la tierra con las manos como garras a fin de coger cualquier fruto de ella? Sin saber por qué se miró las manos y viendo que le pendían laxas, como ramas tronchadas, recordó a Rabí Meir, quien dijo cuando el hombre viene al mundo tiene las manos cerradas como diciendo: el mundo entero es mío y yo lo conquistaré. Y cuando se va del mundo tiene las manos abiertas como diciendo: nada llevo conmigo.

¿De modo que hasta poco tiempo antes era como un niño dormido en su inconsciencia plena de instintos y ahora se había convertido en un ser decrépito entrando en la agonía?

---

157 La escolta al muerto (*Halvaiat hamet*) es una antigua tradición judaica. En una procesión solemne los familiares y amigos acompañan el cuerpo por una corta distancia en manifestación de su respeto por la persona fallecida y su renuencia a abandonar a su ser querido.

Colocaron el ataúd en la negra carroza y ésta arrancó ruidosamente. Apoyándose unos contra otros marchaban los ancianos y entre ellos, alta y cortante se destacaba la figura de David.

Los de más años y más débiles retornaban al llegar a la esquina; los demás caminaron unas cuadras... Bien pronto David se encontró sólo, siguiendo fascinado tras el muerto. Semejante a un bolso roto que pierde monedas así iba perdiendo los sueños materializados de tanto soñarlos, las aspiraciones truncas adheridas dolorosamente al corazón, los conceptos incrustados en la mente y se sintió vacío, liviano y puro como un niño. Como a un niño perdido le invadió una honda congoja y comenzó a llorar con lágrimas abundantes, con fuertes sollozos, con estremecimientos prolongados. Lloraba sin vergüenza, naturalmente. Todas las lágrimas no lloradas cuando la muerte de su madre brotaban ahora.

Los deudos que ocupaban el único coche del acompañamiento, le miraban llenos de asombro. También se detenían a observarle los transeúntes. ¿Quién era ese hombre que corría sollozando detrás de un coche fúnebre?

www.ingramcontent.com/pod-product-compliance
Lightning Source LLC
Chambersburg PA
CBHW051924110726
47902CB00002B/413